contos
de fadas
coreanos

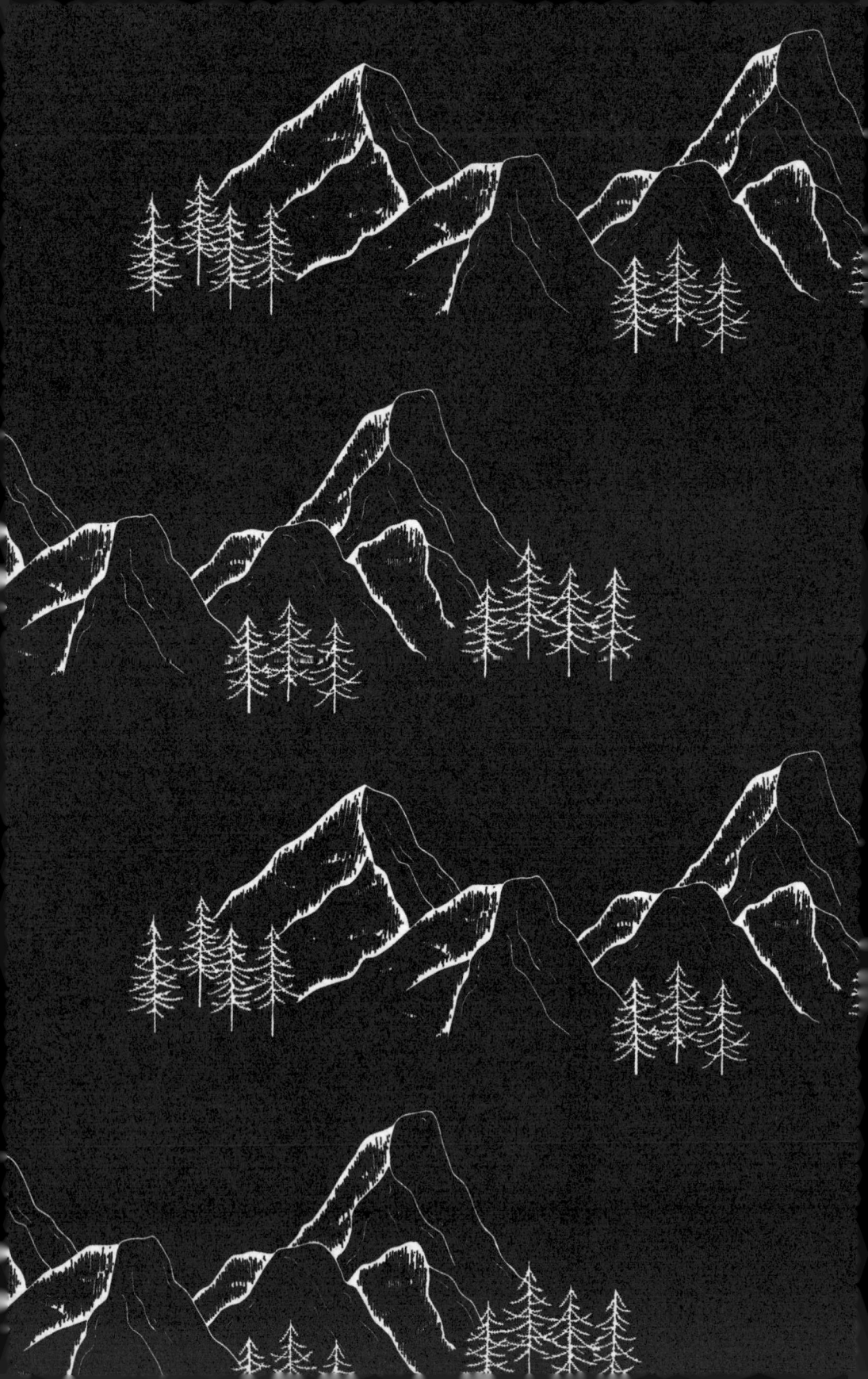

contos
de fadas
coreanos

*duendes, fantasmas e
outras criaturas mágicas*

Im Bang e Yi Ryuk

Tradução
Raphael Valim da Mota Silva

Organização
James S. Gale

ns

São Paulo, 2023

Contos de fadas coreanos
Copyright © 2023 by Novo Século Editora Ltda.

Editor: Luiz Vasconcelos
Gerente editorial: Letícia Teófilo
Assistentes editoriais: Fernanda Felix e Gabrielly Saraiva
Estagiária: Marianna Cortez
Projeto gráfico e diagramação: Mayra de Freitas
Preparação: Victória Nataly
Revisão: Marina Montrezol e Mariane Ap. Brito
Arte de capa: Paula Monise
Composição de capa: Fernanda Felix

Texto de acordo com as normas do Novo Acordo Ortográfico da Língua Portuguesa (1990), em vigor desde 1º de janeiro de 2009.

Dados Internacionais de Catalogação na Publicação (CIP)
Angélica Ilacqua CRB-8/7057

Bang, Im; Ryuk, Yi

Contos de fadas coreanos: duendes, fantasmas e outras criaturas mágicas / Im Bang, Yi Ryuk ; tradução de Raphael Valim da Mota Silva.-- Barueri, SP: Novo Século Editora, 2023.

240 p.: il.

ISBN 978-65-5561-552-4
Título original: Korean Folk Tales (Imps, Ghosts and Fairies)

1. Literatura coreana 2. Folclore I. Título II. Ryuk, Yi III. Silva, Raphael Valim da Mota

23-2068   CDD 895.7

Índice para catálogo sistemático:
1. Literatura coreana 2. Folclore

<ns
uma marca do
Grupo Novo Século

GRUPO NOVO SÉCULO
Alameda Araguaia, 2190 – Bloco A – 11º andar – Conjunto 1111
CEP 06455-000 – Alphaville Industrial, Barueri – SP – Brasil
Tel.: (11) 3699-7107 | E-mail: atendimento@gruponovoseculo.com.br
www.gruponovoseculo.com.br

Para meu filhinho
George James Morley,
os dias de cujos anos são
duas primaveras e
dois outonos orientais.

Prefácio

Para qualquer um que gostaria de investigar de certa forma a alma interior do oriental, bem como ver as existências espirituais peculiares entre as quais ele vive, as histórias a seguir servirão como verdadeiras intérpretes nascidas das três grandes religiões do Extremo Oriente: Taoísmo, Budismo e Confucionismo.

Uma antiga cópia manuscrita das histórias de Im Bang chegou às mãos desse tradutor há um ano, e ele as entrega agora ao mundo ocidental a fim de que possam servir como ensaios introdutórios aos mistérios e ao que muitos chamam de coisas absurdas da Ásia. Muito horripilantes, de fato, e até desagradáveis são algumas delas, mas retratam fielmente as condições sob as quais o próprio Im Bang e muitas gerações passadas de coreanos viveram.

Os treze contos de Yi Ryuk foram extraídos de uma reimpressão de antigos escritos coreanos, lançada ano passado (1911) por uma editora japonesa. Três histórias anônimas também são acrescentadas: "O geomante", para mostrar como a Mãe Terra vem causando ansiedade em seus filhotes; "Im, o caçador", para contar as realidades que existem na atmosfera superior; e "O homem que perdeu as pernas", como uma espécie de Sinbad da Coreia.

As notas autobiográficas que acompanham as histórias são extraídas, em sua maioria, do *Kuk-cho In-mul-chi*, "Registro das personalidades do início da nação".

J. S. Gale.

Notas biográficas

Im Bang nasceu em 1640, e era filho de um governador provincial. Foi muito brilhante quando menino e desde a mais tenra idade gostava de estudar, o que o tornou um grande erudito. Matriculou-se na universidade como o primeiro de sua turma em 1660 e formou-se em 1663. Foi discípulo de Song Si-yol, um dos primeiros escritores coreanos. Em 1719, quando estava em seu octogésimo ano, tornou-se governador de Seul e ocupou também o cargo de secretário do gabinete. No ano de 1721, teve problemas com a escolha do herdeiro aparente e, em 1722, devido ao papel que desempenhou em um tumulto no governo, foi exilado para a atual região da Coreia do Norte, lugar onde morreu.

Yi Ryuk viveu no reinado do Rei Sejong, matriculou-se na universidade em 1459 e formou-se como o primeiro de sua turma em 1564. Foi um homem de muitos cargos e muitas distinções em sua trajetória a caminho da excelência literária.

Fonte: *Kuk-cho In-mul-chi*, "Registro das personalidades do início da nação".

Nota da edição

A presente edição de *Contos de fadas coreanos* consiste em uma tradução indireta de histórias populares do folclore coreano, imortalizadas pela pena de escritores como Im Bang e Yi Ryuk. Há bons motivos para que tenhamos optado pela tradução do inglês para o português, sem a retomada dos originais em coreano. O principal deles é o fato de esta coletânea ser também uma criação literária de J. S. Gale – compilador e coautor das histórias aqui narradas. Foi ele quem selecionou os contos, traduziu-os e publicou-os em 1912.

É praticamente impossível localizar as edições específicas nas quais J. S. Gale se baseou para traduzir os contos aqui compilados, sobretudo por terem sido lançados por editoras japonesas. De qualquer forma, essa mistura cultural é uma das marcas da tradução de Gale, que, não raro, valeu-se de nomenclaturas e elementos folclóricos do Japão substituindo referentes coreanos em uma tentativa de domesticar sua tradução para o público anglófono. Seu mérito como divulgador da cultura coreana é, na mesma medida, um demérito se considerarmos essas sobreposições e imprecisões terminológicas.

A antologia possui as marcas indeléveis de seu organizador: seja pela disposição dos textos ou pelas notas introdutórias. Sendo assim, optou-se pela tradução do texto em inglês a fim de preservar esse trabalho arqueológico, que é, também, importante para a divulgação do folclore coreano para o mundo ocidental.

Atualmente, dispomos de ferramentas de pesquisa mais assertivas para a elucidação de referentes coreanos. Dessa forma, este tradutor contou com o auxílio da preparadora e revisora Victoria Nataly, que se formou em Letras pela USP e estuda língua coreana. Sua tarefa foi atualizar alguns nomes e referências culturais para que a identificação destes fosse facilitada.

Para esta edição, portanto, os nomes de personagens da versão em inglês foram mantidos, a despeito dos padrões atuais de romanização, por falta de referencial detectável na língua coreana, excetuando-se os nomes de figuras históricas ou mitológicas facilmente reconhecíveis. Nomes de lugares foram atualizados para a nomenclatura vigente, excetuando-se aqueles não identificados explicitamente pelos narradores. Por fim, imprecisões terminológicas óbvias, como gueixa (Japão) em vez de *gisaeng* (Coreia), foram corrigidas.

Espera-se que os leitores se divirtam nesse mar de histórias repleto de seres fantásticos e sagazes. Para tanto, é preciso expandir o conceito de "fantástico", que não envolve apenas a fantasia pura e simples, mas, sobretudo, a magia que há em passar ensinamentos adiante por meio do folclore e das lendas.

Charan

Alguns
pensam que
o amor — forte,
verdadeiro e abnegado —
não se encontra no Oriente, mas a
história de Charan, que se passou há mais
de quatrocentos anos, prova o contrário, pois
ainda tem o sabor doce e fresco de um romance
de outrora, embora o cenário do Oriente
proporcione um fundo estranho e interessante.

Nos
tempos
do Rei Sejong
(1488-1495), um
dos homens mais
notáveis da Coreia tornou-
-se governador da província de
Pyong-an. Ora, Pyong-an está acima
de todas as oito províncias nas conquistas
da erudição e da sociedade civilizada. Muitos
de seus literatos são bons músicos e demonstram
habilidade nos assuntos estatais.

Na época desta história, havia uma dançarina famosa em Pyong-an cujo nome era Charan. Ela era muito bonita e cantava e dançava para o deleite de todos os espectadores. Sua capacidade, igualmente, era acentuada de modo especial, pois ela entendia os clássicos e era familiarizada com a História. Ela era a mais brilhante de todas as *gisaeng*, famosa e muito renomada.

A família do Governador era composta por um filho, cuja idade era dezesseis anos e o rosto atrativo como uma pintura. Embora fosse tão jovem, ele era completamente versado em chinês, sendo um estudante talentoso. Seu juízo era excelente, e ele tinha uma fina apreciação da forma literária, de tal modo que, no momento em que erguia sua pena, a linha escrita assumia uma expressão admirável. Seu nome tornou-se conhecido como Keydong (O rapaz superdotado). O Governador não tinha outras crianças, nem filho e nem filha, então seu coração estava envolto no menino. No seu aniversário, convidou todas as autoridades e outras pessoas especiais, que vieram brindar à sua saúde. Também estavam presentes uma companhia de jovens dançarinas e uma grande banda de músicos. O Governador, durante uma pausa no banquete, chamou o filho para perto e ordenou ao chefe das dançarinas que escolhesse uma das mais belas do grupo, a fim de que ela e o filho dele pudessem dançar juntos e deleitar os convidados reunidos. Ao ouvir isso, a companhia, em comum acordo, designou Charan como a mais apropriada para ser uma parceira ideal para o rapaz, por conta de seus talentos, suas realizações e sua idade. Eles apareceram juntos e dançaram como fadas, graciosos como as ondulações do salgueiro, leves e airosos como a andorinha. Todos aqueles que os viram ficaram encantados. O Governador, igualmente muito satisfeito, chamou Charan para perto, fê-la sentar-se no palanque, ofereceu-lhe uma porção do banquete, deu-lhe um presente de seda e ordenou que, daquele dia em diante, ela fosse a jovem dançarina especial que serviria seu filho.

A partir desse aniversário, Charan e Keydong logo se tornaram grandes amigos. Eles dariam o mundo um ao outro. Maior que todas as narrativas deliciosas da história foi o amor dos dois – tal como nunca antes visto.

O mandato do Governador foi prorrogado por mais seis anos e, assim, eles permaneceram na região Norte. Finalmente, na hora do retorno, ele e a esposa ficaram bastante ansiosos com a possibilidade de seu filho separar-se de Charan. Se os forçassem a se separar, temiam que ele morresse de coração partido. Se a levassem consigo, não sendo esposa dele, temiam pela reputação do rapaz. Eles simplesmente não conseguiriam decidir, logo, resolveram direcionar a questão ao próprio filho. Chamaram-no e disseram:

— Nem mesmo os pais podem decidir sobre o amor do filho por uma donzela. Ora, o que devemos fazer? Você ama Charan ao ponto de ser muito difícil para você partir e, ainda assim, dispor de uma dançarina antes de casar-se não é de bom tom e irá interferir na sua valorização e nas suas perspectivas matrimoniais. Porém, ter uma segunda esposa é um costume frequente na Coreia, e um costume que o mundo reconhece. Faça o que julgar melhor para essa questão.

O filho respondeu:

— Não há dificuldade alguma; quando ela está diante dos meus olhos, é claro que ela é tudo, mas, quando chegar para mim a hora de voltar para casa, ela será como um par de sapatos usados, descartados; então, por favor, não fiquem ansiosos.

O Governador e sua esposa ficaram muito satisfeitos e disseram que ele era um "homem superior", de fato.

Quando chegou a hora de partir, Charan chorou amargamente, de tal modo que os que estavam ali presentes não podiam suportar olhar para ela; mas o filho não demonstrou o menor sinal de emoção. Aqueles que olhavam estavam cheios de admiração pela firmeza dele. Embora estivesse amando Charan por seis anos, ele nunca havia se separado dela nem por um único dia que fosse, logo, não sabia o que significava dizer adeus, como também não sabia como era a sensação de ficar longe.

O Governador voltou para Seul para ocupar o cargo de Chefe de Justiça, e o filho também veio junto. Após esse regresso, pensamentos de amor por Charan possuíram Keydong, embora ele nunca os expressasse em palavras ou comportamentos. A época do Exame *Gwageo* estava chegando. O pai, portanto, ordenou ao filho que fosse com alguns de seus amigos a um mosteiro vizinho para estudar e se preparar. Eles foram, e, uma noite, após o término do expediente, quando todos estavam dormindo, o jovem saiu furtivamente para o pátio. Era inverno, com geada e neve e uma lua fria e nítida. As montanhas eram altas e o mundo estava calmo, de modo que o mais ínfimo som podia ser ouvido. O jovem ergueu os olhos para a lua, e os seus pensamentos estavam repletos de tristeza. Ele desejava tanto ver Charan que já não conseguia se controlar e, temendo perder a razão, decidiu, naquela mesma noite, partir para a longínqua Pyong-an. Estava usando uma mitra de pele, um casaco grosso, um cinto de couro e um pesado par de sapatos. Contudo, quando tinha andado menos de dez *li*[1], seus pés já estavam cheios de bolhas, e ele teve de ir a uma aldeia vizinha trocar seus sapatos de couro por sandálias de palha e sua dispendiosa cobertura de cabeça por um simples chapéu de servente. Seguiu assim o seu caminho, mendigando enquanto andava. Estava frequentemente com muita fome e, quando chegava a noite, passava muito, muito frio. Ele era o filho de um homem rico, sempre vestira seda e comera pratos elegantes e, em toda a sua vida, nunca caminhara mais do que alguns passos para além da porta de seu pai. Agora, havia diante dele uma jornada

---

[1] Unidade de medida de distância. 1 li equivale a 500 metros.

de centenas de quilômetros. Ia cambaleando pela neve, fazendo apenas um precário progresso. Faminto e quase congelando até a morte, jamais conhecera tamanho sofrimento. Suas roupas estavam surradas, e seu rosto ficou desgastado e escurecido até ele parecer um duende. Ainda assim, continuou, pouco a pouco, dia após dia, até que, enfim, quando um mês inteiro já se passara, chegou a Pyong-an.

Ele foi diretamente para a casa de Charan, mas Charan não estava lá, apenas a sua mãe. Ela olhou para ele, mas não o reconheceu. Ele disse que era filho do antigo Governador e que, por amor a Charan, caminhara quinhentas *li*.

– Onde ela está? – perguntou ele.

A mãe escutou, mas, ao invés de ficar satisfeita, zangou-se muito. Ela disse:

– Minha filha está agora com o filho do novo Governador, e eu sequer a vejo; nunca volta para casa e está longe há dois ou três meses. Mesmo que você tenha feito essa longa viagem, não há meio possível de encontrá-la.

Ela não o convidou para entrar, de tão fria que foi sua recepção. Ele pensou consigo: "Eu vim ver Charan, mas ela não está aqui. A mãe dela me rejeita; não posso voltar e não posso ficar. O que devo fazer?". Enquanto estava nesse dilema, um plano ocorreu-lhe. Havia um escriba em Pyong-an que, durante o mandato de seu pai, cometera uma ofensa e fora condenado à morte. No entanto, houve circunstâncias atenuantes, e o rapaz, quando foi prestar suas saudações matinais, suplicou e garantiu o perdão. O pai de Keydong, por consideração à petição do filho, perdoou o escriba. Ele pensou: "Eu fui o instrumento de salvação da vida desse homem, ele há de me acolher". Partiu então da casa de Charan diretamente para a do escriba. Porém, a princípio, esse escritor não o reconheceu. Quando Keydong disse o seu nome e contou quem era, o escriba teve um sobressalto e caiu aos pés dele, fazendo uma reverência. Ele limpou uma sala interna e o deixou confortável, preparou uma refeição saborosa e o tratou com todo o respeito.

Um pouco depois, o rapaz conversou com seu anfitrião sobre a possibilidade de encontrar Charan. O escriba disse:

– Temo que não haja como você encontrá-la sozinho, mas, caso queira apenas ver o rosto dela, acho que posso garantir isso. Você concordaria?

Ele perguntou sobre o plano. Era o seguinte: sendo agora uma época de neve, trabalhadores eram convocados diariamente para varrê-la para fora da parte interior da residência do Governador, e justamente agora o escriba estava responsável por esse serviço em particular.

— Se você for se juntar aos varredores, pegue uma vassoura e entre; com certeza vai ter um vislumbre de Charan, pois dizem que ela está no quiosque da colina. Não consigo pensar em nenhum outro plano — disse ele.

Keydong concordou. De manhã cedo, misturou-se à companhia de varredores e seguiu com sua vassoura na direção do recinto interno, onde o quiosque da colina ficava; todos, então, trabalharam na varredura. Naquele momento o filho do novo Governador estava sentado próximo à janela aberta, e Charan estava junto dele, mas fora do campo de visão de quem estava do lado exterior. Os outros trabalhadores, todos com mãos experientes, varriam bem; apenas Keydong manuseava sua vassoura de modo desajeitado, não sabendo como varrer. O filho do novo Governador, observando o processo, olhou para fora e riu, chamou Charan e a convidou a olhar para aquele varredor. Charan saiu para o corredor aberto e o varredor ergueu seus olhos para vê-la. Ela olhou para ele apenas uma vez e por um breve momento; depois, virou-se rapidamente, entrou no cômodo e fechou a porta, não aparecendo novamente, para a decepção de Keydong, que retornou em desespero para a casa do escriba.

Charan era antes de tudo uma mulher sábia e extremamente talentosa. Apenas um olhar lhe dissera quem era o varredor. Ela voltou para o quarto e começou a chorar. O filho do novo Governador a olhou com surpresa e desagrado e perguntou:

— Por que chora?

Ela não respondeu de imediato, mas, após duas ou três perguntas insistentes, disse que a razão era a seguinte:

— Eu sou uma mulher de classe baixa; você se engana ao me estimar ou me atribuir valor. Já não estou em casa por mais de dois meses inteiros. Isso é um cumprimento especial e uma honra enorme, logo, não há o menor motivo para qualquer reclamação da minha parte. Mas ainda assim penso no meu lar, que é pobre, e na minha mãe. É costume, no aniversário da morte do meu pai, preparar comida nos aposentos oficiais e oferecer um sacrifício ao seu espírito, mas estou aprisionada aqui e amanhã é o dia do sacrifício. Receio que nenhum ato de devoção seja prestado, estou transtornada com isso e é por esse motivo que choro.

O filho do novo Governador foi tão ludibriado por esse convincente depoimento que confiou plenamente nela, sem questionar. Com simpatia, perguntou:

— Por que não me disse antes?

Preparou a comida e disse a ela que corresse para casa e realizasse a cerimônia. Charan voltou, então, como fogo flamejante para casa e disse a sua mãe:

— Keydong voltou, e eu o vi. Ele não está aqui? Diga-me onde ele está, se souber.

A mãe disse:

— Ele veio aqui, é verdade; percorreu o caminho todo a pé para vê-la, mas eu disse a ele que você estava na residência do novo Governador e que não havia jeito de vocês se encontrarem, então ele foi embora, e onde ele está eu não sei.

Nesse momento, Charan desmoronou e começou a chorar.

— Ó minha mãe, como você teve coragem de agir de modo tão cruel? – soluçou ela. – De minha parte, jamais poderei romper com ele nem desistir dele. Ambos tínhamos dezesseis anos quando fomos designados para dançar juntos e, embora se possa dizer que os homens nos escolheram, é mais verdadeiro ainda dizer que foi o divino quem escolheu. Entramos na vida um do outro, e não houve nenhum amor como o nosso. Apesar de ele ter me esquecido e me deixado, eu jamais poderia esquecê-lo e jamais poderia abrir mão dele. O Governador igualmente me chamou de amada esposa de seu filho e sequer uma única vez fez menção à minha baixa posição. Ele me estimava e me dava muitos presentes. Tudo era como o céu, e não como a terra. Na cidade de Pyong-an, aristocratas e oficiais se reúnem como homens amontoados em um barco; eu vi muitos deles, mas, pela graça e habilidade, nenhum se comparou a Keydong. Tenho de encontrá-lo e, mesmo que ele me descarte, nunca o esquecerei. Só não me guardei até a morte como deveria porque ando sob o poder e a influência do novo Governador. Como Keydong pôde vir para tão longe por um ser tão baixo e vil? Ele, um cavalheiro do mais alto nascimento, em prol de uma dançarina miserável, suportou todas essas provações e chegou aqui.

Você não poderia ter pensado nessas coisas, mãe, e dado a ele ao menos uma recepção gentil? Como meu coração não estaria partido?

E uma grande torrente de lágrimas saiu dos olhos de Charan. Ela pensou e pensou em onde ele poderia estar.

– Não conheço nenhum lugar – disse ela – a não ser a casa de um tal escriba.

Tão rápida quanto seu pensamento, ela voou dali, e lá eles se encontraram. Abraçaram-se e choraram, mas nenhuma palavra foi dita. Assim, voltaram para a casa de Charan, lado a lado. Quando era noite, Charan disse:

– Quando o amanhã chegar, teremos que nos separar. O que vamos fazer?

Eles conversaram sobre o assunto e concordaram em fugir naquela noite. Então, Charan juntou suas roupas, seus tesouros e suas joias e fez duas trouxas; assim, carregando ele seu fardo nas costas; e ela, na cabeça, foram para longe enquanto a cidade dormia. Seguiram a estrada que levava para as montanhas situadas entre os condados de Yangdok e Maengsan. Lá, encontraram uma casa de campo, onde se hospedaram e onde o filho do Governador se tornou uma espécie de servo de classe superior. Não sabia fazer nada direito, mas Charan entendia de tecelagem e costura, e assim eles viveram. Após certo tempo, adquiriram uma cabaninha de palha na aldeia e nela moraram. Charan era uma bela costureira e não parava dia e noite de manipular sua agulha; além disso, vendia seus tesouros e suas joias para cobrir as despesas. Charan também sabia como fazer amigos e era elogiada e amada por toda a aldeia. Todos se compadeceram dos tempos difíceis que assolaram esse casal jovem e misterioso e os ajudaram a passar seus dias juntos em paz e alegria.

Retrocedamos na história: ao acordarem de manhã no templo onde Keydong e seus amigos foram estudar, descobriram que ele sumira. Tudo estava em um estado de profunda confusão quanto ao paradeiro do filho do Chefe de Justiça. Procuraram por ele em toda parte, mas ele não foi encontrado, então enviaram um recado aos pais, relatando o ocorrido. Houve uma consternação inenarrável no lar do ex-Governador. Uma perda tamanha... o que poderia equipará-la? Esquadrinharam a região ao redor do templo, mas não foi possível encontrar qualquer rastro ou sombra do rapaz. Alguns disseram pensar que ele fora atraído para longe e metamorfoseado por uma raposa; outros, que fora comido por um tigre. Os pais concluíram que ele estava morto e ficaram de luto por ele, queimando suas roupas em um fogo sacrificial.

Em Pyong-an, o filho do novo Governador, quando descobriu que perdera Charan, mandou prender a mãe da moça e todos os seus parentes, mas, após cerca de um mês, quando as buscas se provaram inúteis, desistiu do assunto e os deixou ir.

Charan, finalmente feliz junto ao seu escolhido, disse-lhe certo dia:

— Você, um filho da nobreza, por causa de uma dançarina abriu mão de seus pais e de seu lar para viver neste recanto escondido nas colinas. É uma questão que também diz respeito à sua piedade filial, esse ato de deixar seu pai e sua mãe sem saber se você está vivo ou não. Eles precisam saber. Não podemos viver aqui por toda a nossa vida e nem voltar para a minha casa. O que acha que devemos fazer?

Keydong deu uma resposta desesperada:

— Eu estou aflito – disse – e não sei.

De forma brilhante, Charan disse:

— Tenho um plano por meio do qual podemos cobrir as falhas do passado e conquistar um recomeço para o futuro. Por meio dele, você pode servir seus pais e encarar o mundo de frente. Você concordaria?

— O que você propõe? – perguntou ele.

A resposta foi a seguinte:

— Há um único jeito, que é por meio do Exame Oficial. Não conheço outra opção. Você compreende o que eu quero dizer, mesmo que eu não fale mais nada.

— Basta, seu plano é justamente aquilo que irá nos ajudar. Mas como posso obter os livros de que preciso? – perguntou.

— Não fique ansioso com isso, eu vou atrás dos livros – respondeu Charan.

Desse dia em diante, ela mandou buscar livros por toda a região, a serem obtidos a todo custo; mas havia poucos ou nenhum, sendo aquela uma aldeia na montanha. Certo dia, apareceu por ali, de modo totalmente inesperado, um mascate, que tinha em seus embrulhos um livro que gostaria de vender. Alguns dos habitantes da aldeia quiseram comprá-lo para fazer papel de parede. Charan, no entanto, garantiu-o primeiro e mostrou-o a Keydong. Era nada mais nada menos do que uma obra específica para exames, com todos os exercícios escritos detalhadamente. Estava escrita em caracteres pequenos, e era um livro enorme, contendo milhares e milhares de exercícios. Keydong ficou encantado e disse:

— Isto basta para toda a preparação necessária.

Ela comprou e deu o livro para ele, com o qual ele trabalhou duro dia após dia. À noite, ele estudava à luz de velas, enquanto ela se sentava ao seu lado e fiava seda. Dessa forma, compartilhavam a luz juntos. Caso ele demonstrasse qualquer desleixo, Charan o impelia a continuar, e assim trabalharam por dois anos. Para começo de conversa, ele, sendo um estudante altamente talentoso, fazia avanço permanente dia a dia. Era um belo escritor e um mestre da pena. Suas composições também eram inigualáveis, e todos os indícios apontavam para a sua vitória em primeiro lugar no Exame *Gwageo*.

Nessa época, emitiu-se uma proclamação segundo a qual haveria um exame especial a ser realizado perante Sua Majestade, o Rei, então Charan preparou a comida e todos os itens necessários para que Keydong fosse a pé até Seul tentar a sorte.

Finalmente lá estava ele, dentro do recinto do palácio. Sua Majestade saiu para a arena de exames e afixou o tema. Keydong pegou a pena e escreveu sua composição definitiva. Sob a inspiração do momento, suas linhas surgiram como água borbulhante. Tudo estava feito.

Quando o anúncio do vencedor foi realizado, o Rei ordenou que o nome selado do escritor fosse aberto. Assim foi feito, e descobriram que Keydong ficara em primeiro lugar. Nessa época, seu pai era Primeiro-ministro e aguardava na presença do Rei. O Rei chamou o Primeiro-ministro e disse:

— A mim, parece que o vencedor é o teu filho, mas ele escreve que o pai dele é Chefe de Justiça, e não Primeiro-ministro; ora, o que isso quer dizer?

Ele entregou o papel da composição para o pai e pediu-lhe que olhasse. O Ministro olhou fixamente com admiração e irrompeu em lágrimas, dizendo:

— É o filho de teu servo. Há três anos ele foi com alguns amigos a um mosteiro para estudar, mas, numa noite, desapareceu e, embora eu procurasse por todos os cantos, não tive notícias dele desde então. Concluí que ele havia sido atacado por algum animal selvagem, então realizei um serviço funerário, e a casa entrou em luto. Não tive outros filhos, apenas esse. Ele era extremamente talentoso, e eu o perdi dessa forma estranha. A memória nunca me deixou, pois é como se eu o tivesse perdido ontem. Agora, olhando para este papel, vejo que é de fato a caligrafia do meu filho. Quando o perdi, eu era Chefe de Justiça, e por isso ele se lembra desse cargo; porém, onde ele esteve ao longo desses três anos e como vem agora fazer parte do exame, eu não sei.

O Rei, ao ouvir isso, ficou bastante atônito e, de imediato, perante todos os ministros reunidos, mandou chamar Keydong. Assim, ele veio com sua vestimenta de estudante até a presença de Sua Majestade. Todos os oficiais estranharam essa convocação de um candidato diante do Rei antes do anúncio do resultado. O Rei perguntou-lhe por que deixara o mosteiro e onde estivera nos últimos três anos. Ele curvou-se e disse:

— Sou um homem muito vil, deixei meus pais, quebrei todas as leis de devoção filial e mereço uma punição condigna.

— Não há nenhuma lei de sigilo perante o Rei. Não o condenarei, embora seja culpado; conte-me tudo – disse o Rei, em resposta.

Então, ele contou sua história ao Rei. Todos os oficiais de ambos os lados inclinaram seus ouvidos para escutar. O Rei suspirou e disse ao pai:

— Teu filho se arrependeu e se redimiu da culpa. Ele conquistou o primeiro lugar e agora se encontra na posição de membro da Corte. Não podemos condená-lo por seu amor por essa mulher. Perdoe-o por todo o passado e dê-lhe um começo para o futuro.

Sua Majestade disse ainda:

— A mulher, Charan, que compartilhou a vida contigo nas montanhas solitárias, não é uma mulher comum. De modo semelhante, os planos dela para a tua restauração foram planos de artífice. Ela não é uma mera dançarina, essa tal de Charan. Não permita que nenhuma outra seja tua esposa fiel, mas apenas ela; que ela seja elevada à mesma posição do marido, e que os seus filhos e os filhos de seus filhos ocupem os mais altos cargos no reino.

Assim, Keydong foi honrado com a coroa do vencedor, e o Primeiro--ministro recebeu seu filho de volta à vida pelas mãos do Rei. O chapéu do vencedor foi colocado sobre a cabeça dele, e toda a casa se encheu de arroubos de alegria.

Então, o Primeiro-ministro enviou uma liteira e servos para trazer Charan. Em um grande festival de alegria, ela foi proclamada esposa do filho dele. Mais tarde, Keydong tornou-se um dos primeiros homens de Estado da Coreia, e eles viveram uma vida feliz até uma boa velhice. Tiveram dois filhos, ambos graduados e homens que ocuparam altos cargos.

*A história de
Chang To-ryong*

O Taoísmo
tem sido uma das
grandes religiões da Coreia.
Seu principal pensamento é
expresso na frase *su-sim yon-song*:
"corrigir a mente e reformar a natureza";
enquanto o do Budismo é *myong-sim kyon-song*: "iluminar o coração e ver a alma".

O desejo de todos os taoístas é a "vida eterna", *chang-saing pul-sa*; o dos budistas, livrarem-se da existência carnal. No mundo taoísta dos *genii*, há três grandes divisões: os superiores, que vivem com a Divindade, os intermediários, que têm a ver com o mundo dos anjos e espíritos, e os inferiores, que governam em lugares sagrados na terra, entre as colinas, exatamente como podemos ver na história de Chang To-ryong.

Nos tempos do Rei Jung-jong (1506-1544), havia um mendigo vivendo em Seul, cujo rosto era extremamente feio e estava sempre sujo. Ele tinha cerca de quarenta anos, mas ainda usava o cabelo nas costas como um menino solteiro. Carregava uma bolsa em seu ombro e andava sem rumo pelas ruas, a mendigar. Durante o dia, ele ia de uma parte da cidade à outra, visitando cada seção; quando a noite chegava, amontoava-se perto do portão de alguém e ia dormir. Era frequentemente visto em Jongno, na companhia de servos e subalternos dos ricos, que eram grandes amigos uns dos outros, brincando e fazendo piadas sempre que se encontravam. Ele costumava dizer que seu nome era Chang, então o chamavam de Chang To-ryong, sendo que To-ryong designava um menino solteiro, filho da nobreza. Naquela época, o mágico Chon U-chi, que era bastante famoso por seu orgulho e sua arrogância, sempre que encontrava Chang, ao passar pela rua, desmontava e prostrava-se muito humildemente. Ele não apenas fazia uma reverência, mas também parecia considerar Chang com o maior temor, a ponto de não ousar olhá-lo no rosto. Chang, por vezes, sem ao menos inclinar a cabeça, dizia:

— Ora, como estão as coisas, hein?

Chon, com as mãos dentro das mangas, respondia de modo muito respeitoso:

— Tudo ótimo, senhor, obrigado, tudo ótimo.

O temor ficava escrito em todas as suas feições quando ele encarava Chang.

Por vezes, da mesma forma, quando Chon fazia a reverência, Chang recusava-se a notá-lo em absoluto e passava sem dizer uma palavra. Aqueles que viam ficavam espantados e perguntavam a Chon por quê. Chon respondia:

— Há apenas três homens de espírito atualmente, dos quais o maior é Chang To-ryong; o segundo é Cheung Puk-chang; e o terceiro é Yun Se-pyong. As pessoas do mundo não sabem disso, mas eu sei. Sendo esse o caso, não deveria eu me curvar diante dele e mostrar-lhe reverência?

Aqueles que ouviam essa explicação, sabendo que o próprio Chon era um sujeito esquisito, não lhe davam atenção.

Naquela época, em Seul, havia um certo estudante universitário de literatura em exercício, cuja casa era adjacente à rua. Esse homem costumava ver Chang mendigando com frequência; certo dia, chamou-o e perguntou-lhe quem era e por que mendigava. Chang deu a seguinte resposta:

— Eu era originalmente de uma família culta na Província de Jeolla, mas meus pais morreram de febre tifoide, e eu não tive irmãos nem parentes para compartilhar minha sorte. Somente eu permaneci dentre todo o meu clã e, não tendo casa própria, vaguei sem rumo, mendigando até finalmente chegar a Seul. Como não sou versado em nenhum trabalho manual e não conheço os ideogramas chineses, o que mais posso fazer?

O universitário, ouvindo que ele era um autodidata, sentiu muita pena dele, deu-lhe comida e bebida e revigorou-o.

Desse momento em diante, sempre que havia alguma celebração especial em sua casa, costumava convidar Chang para participar.

Em um certo dia, quando o mestre estava a caminho do escritório, viu um cadáver sendo carregado em uma maca em direção ao Portão da Água. Olhando de perto em cima do cavalo em que montava, ele reconheceu o corpo de Chang To-ryong. Ficou tão triste que voltou para casa e chorou por causa disso, dizendo:

— Há muitas pessoas miseráveis na Terra, mas quem já viu alguém tão miserável quanto o pobre Chang? Conforme calculo o tempo com os meus dedos, ele está mendigando em Jongno há quinze anos e agora sai da cidade como um cadáver.

Mais de vinte anos depois, o mestre tinha que fazer uma viagem pela província de Jeolla do Sul. Ao passar pela montanha Jiri, ficou perdido e entrou em um labirinto entre as colinas. O dia começou a minguar, e ele não conseguia voltar nem seguir adiante. Viu uma trilha estreita, daquelas que os lenhadores seguem, e foi em sua direção para ver se levava a alguma habitação. Enquanto andava, havia rochas e ravinas profundas. Pouco a pouco, conforme avançava, o cenário ia mudando e parecia tornar-se estranhamente transfigurado. Quanto mais longe ele ia, mais maravilhoso ficava o entorno. Após percorrer alguns quilômetros, viu-se inteiramente em outro mundo, não mais no mundo de terra e pó. Avistou alguém vindo na sua direção em uma montaria, vestido de verde etéreo e carregando uma sombrinha, com servos a acompanhá-lo. Parecia deslizar em sua direção com rapidez e sem esforço. O mestre pensou consigo: "Eis aqui um ou outro grande lorde vindo ao meu encontro, mas como", acrescentou ele, "entre estes abismos e lugares reclusos, poderia um cavalheiro vir cavalgando assim?". Ele guiou seu cavalo para o lado e tentou retirar-se para um dos bosques à beira do caminho, mas, antes mesmo de pensar em virar-se, o homem o alcançou. O misterioso forasteiro ergueu as duas mãos em saudação e perguntou respeitosamente como ele estava durante todo aquele tempo. O mestre ficou boquiaberto e tão espantado, que não conseguiu dar uma resposta. Mas o forasteiro disse com um sorriso:

— Minha casa é bem perto daqui; venha comigo e descanse.

Virou-se e, ao mostrar o caminho, parecia planar, e não andar, enquanto o mestre o seguia. Finalmente, chegaram ao local indicado. De repente, o mestre viu diante de si grandes salões de um palácio ocupando quadras inteiras de espaço. Eram belos edifícios, ricamente ornamentados. Em frente à porta, servos em trajes oficiais esperavam por eles. Curvaram-se diante do mestre e levaram-no para o salão. Depois de passar por uma série de cômodos deslumbrantes como palácios, ele chegou a um cômodo especial e subiu em direção ao andar superior, onde encontrou uma pessoa muito admirável. Estava usando vestes resplandecentes, e os servos que o aguardavam eram extremamente belos. Havia, também, crianças ao redor, tão primorosamente bonitas que o lugar parecia nada mais nada menos do que um palácio celestial. O mestre, alarmado ao encontrar-se em tal lugar, apressou-se e fez uma reverência solene, não se atrevendo a levantar os olhos. Mas o anfitrião sorriu para ele, ergueu as mãos e perguntou:

— Você me conhece? Olhe agora.

Erguendo os olhos, viu então que era a mesma pessoa que viera cavalgando ao seu encontro, mas não sabia dizer quem era.

— Eu te vejo – disse ele –, mas quem tu és não consigo dizer.

O anfitrião real disse então:

— Eu sou Chang To-ryong. Você não me conhece?

Então, assim que o mestre olhou para ele mais de perto, pôde ver as mesmas feições. Os contornos da face estavam lá, mas todas as imperfeições tinham ido embora, só restava a beleza. Tão maravilhoso era, que ele ficou bastante extasiado.

Um grande banquete foi preparado, e o convidado de honra foi entretido. O alimento, de semelhante modo, foi colocado diante dele como nunca antes visto na Terra. Seres angelicais tocavam belos instrumentos e dançavam de modo que nenhum olho mortal jamais vira. Seus rostos, igualmente, eram como pérolas e pedras preciosas.

Chang To-ryong disse para o seu convidado:

— Há quatro montanhas famosas na Coreia nas quais os *genii* residem. Esta colina é uma delas. Em tempos passados, por culpa minha, fui exilado na Terra e, no período do meu exílio, você me tratou com uma gentileza notável, um favor que eu nunca esqueci. Quando você viu meu cadáver, sua piedade aflorou por minha causa; disso eu também me lembro. Eu não estava morto naquele momento; simplesmente meus dias de exílio haviam chegado ao fim, e eu estava voltando para casa. Soube que você estava de passagem por esta colina e desejei encontrá-lo e agradecê-lo por toda a sua bondade. A forma como você me tratou no outro mundo é suficiente para engendrar nosso encontro neste aqui.

E assim eles se encontraram e festejaram em alegria e grande deleite.

Quando veio a noite, ele foi escoltado a um pavilhão especial, onde deveria dormir. As janelas eram feitas de jade e pedras preciosas, e luzes amenas atravessavam-nas incessantemente, de modo que não havia noite.

— Meu corpo estava tão descansado e minha alma tão revigorada – disse ele – que eu não senti necessidade de dormir.

Quando amanheceu, um novo banquete foi distribuído e, depois, palavras de despedida foram ditas. Chang disse:

— Este não é um lugar para você ficar por muito tempo; você deve partir. Os caminhos divergem para nós, *genii*, e para vocês, homens do mundo. Será difícil nos encontrarmos de novo. Cuide-se muito e vá em paz.

Chamou então um servo para acompanhá-lo e mostrar-lhe o caminho. O mestre fez uma reverência solene e retirou-se. Após percorrer uma distância muito curta, encontrou-se de repente no velho mundo com seus acompanhamentos empoeirados. O caminho por onde saíra não era o mesmo pelo qual entrara. Para marcar a entrada, colocou uma estaca; então, o servo retirou-se e desapareceu.

No ano seguinte, o mestre foi tentar encontrar a cidadela dos *genii* mais uma vez, mas só havia picos de montanhas e ravinas intransponíveis, e a localização ele jamais conseguiu descobrir.

Com o passar dos anos, o mestre parecia rejuvenescer em espírito e, por fim, com noventa anos de idade, faleceu sem sofrimento.

— Quando Chang esteve aqui na terra e eu o vi durante quinze anos — disse o mestre —, lembro-me apenas de uma peculiaridade dele, a saber, que seu rosto nunca envelheceu nem suas roupas sujas jamais se desgastaram. Ele nunca trocou sua vestimenta e, ainda assim, ela nunca mudou de aparência em todos esses quinze anos. Bastaria isso para marcá-lo como um ser estranho, mas nossos olhos carnais não o reconheceram.

Uma história de raposa

Os orientais
dizem que, entre
as criaturas longevas,
estão a tartaruga, o cervo,
a garça e a raposa, e que essas
criaturas de vida longa atingem estados
especiais de refinamento espiritual. Se as
árvores existem por longas eras, viram brasa;
se a resina de pinheiro perdura, torna-se
âmbar; assim também é a raposa: se vive o
bastante, embora nunca se torne um anjo
ou um ser espiritual como acontece com
o homem, assume várias metamorfoses e
aparece na Terra sob várias formas.

Yi
Kwai
era filho de
um Ministro. Ele
passou nos seus exa-
mes e ocupou um alto cargo.
Quando seu pai era Governador da
província de Pyong-an, Kwai era um garotinho e o acompanhava. Após a primeira esposa
do governador falecer, a madrasta de Kwai tornou-se
senhora do lar. Certa vez, quando Sua Excelência saiu em uma
excursão de inspeção, sua residência ficou vaga, e Kwai estava lá
com a madrasta. No jardim dos fundos dos aposentos oficiais, havia um
pavilhão chamado Monte Pagoda, que se conectava ao salão público por
uma passagem estreita. Com frequência, Kwai levava um dos meninos da
casa consigo e ia lá para estudar. Certa vez, à noite, quando já era tarde e
o garoto que o acompanhava havia partido, a porta abriu-se de repente e
uma jovem entrou. Suas roupas eram elegantes e limpas, e ela era muito
bonita. Kwai olhou cuidadosamente para ela, mas não a reconheceu. Evidentemente, era uma estranha, pois não havia ninguém como ela entre
as dançarinas da residência.

Ele ficou olhando para ela, em dúvida quanto a quem poderia ser; já ela, por sua vez, posicionou-se no canto da sala e não disse nada.

– Quem é você? – perguntou ele.

Ela apenas riu sem dar uma resposta. Ele a chamou. Ela veio e ajoelhou-se diante dele. Ele a pegou pela mão e deu um tapinha no seu ombro, como se a cumprimentasse favoravelmente. A mulher sorriu e fingiu gostar disso. Ele concluiu, no entanto, que ela não era uma mulher de verdade, mas uma espécie de duende ou talvez uma raposa; quanto ao que fazer, ele não sabia. De repente, traçou um plano: pegou-a, colocou-a em suas costas e saiu correndo pelo portão em direção aos aposentos da residência, onde berrou com toda a sua voz, chamando sua madrasta e os servos.

Im Bang & Yi Ryuk

Era meia-noite, e todos estavam dormindo. Ninguém respondeu e ninguém veio. A mulher, então, deitada nas costas dele, mordeu-o furiosamente na nuca. Por conta disso, ele descobriu que era uma raposa. Incapaz de suportar a dor, afrouxou o aperto, momento em que ela pulou para o chão, conseguiu escapar e não foi mais vista.

Que pena que ninguém veio resgatar Kwai e, assim, certificar-se da existência da fera!

Cheung Puk-chang, o vidente

O
Yol-ryok
Keui-sul, uma
das mais notáveis
histórias da Coreia, diz
acerca de Cheung Puk-chang
que ele foi puro em seus desígnios, sem
ambição egoísta. Era superior a todos os outros
em seus dons maravilhosos. Para ele, ler um livro uma
vez equivalia a sabê-lo de cor. Não havia nada que ele não
pudesse compreender – astronomia, geologia, música, medicina,
matemática, adivinhação e ideogramas chineses, que conhecia por
intuição, e não por estudo.

Ele seguiu seu pai no comboio enviado a Pequim e lá conversou com todos os povos estranhos que encontrou, sem nenhuma preparação. Todos se maravilhavam com ele e o chamavam de "O Mistério". Ele sabia, também, o significado do som dos pássaros e de outras feras; embora vivesse nas montanhas, podia ver e dizer o que as pessoas estavam fazendo no vale distante, indicando o que estava acontecendo em cada casa, algo que, após a devida investigação, era comprovado caso a caso. Ele era taoísta e recebia revelações estranhas.

Enquanto estava em Pequim, emissários da Corte de Ryukyu, que também eram profetas, vieram ao seu encontro. Na sua própria terra, eles haviam estudado o horóscopo e, indo para a China, sabiam que iriam encontrar um Homem Santo. No caminho, perguntaram sobre esse ser misterioso e, finalmente, chegaram a Pequim. Indagando, foram de uma embaixada a outra até encontrarem Cheung Puk-chang, quando um grande temor veio sobre eles, e caíram prostrados no chão.

Eles tiraram de sua bagagem um pequeno livro com as seguintes inscrições: "Em tal ano, em tal dia, em tal hora, em tal lugar, há de encontrar um Homem Santo".

— Se isto não representa Vossa Excelência – disseram eles –, então quem poderia ser?

Pediram-lhe que lhes ensinasse o sagrado *Livro das mutações*, ao que ele aceitou, ensinando na própria língua deles. Nesse momento, vários emissários, sabendo disso, disputavam entre si quem deveria ver primeiro o fantástico estranho, e ele falava a cada um deles em suas respectivas línguas. Todos eles, bastante impressionados, disseram:

— Ele é, de fato, um homem divino.

Alguém lhe dirigiu a palavra, perguntando:

— Há aqueles que compreendem os sons dos pássaros e das feras, mas as línguas estrangeiras devem ser aprendidas para serem conhecidas; como consegue falá-las sem estudar?

— Eu não as conheço por tê-las aprendido, mas as conheço inconscientemente – respondeu Puk-chang.

Puk-chang tinha familiaridade com as três religiões, mas considerava o Confucionismo em primeiro lugar.

— Seus escritos, do modo como foram proferidos – dizia ele –, nos ensinam piedade filial e reverência. A aprendizagem dos Sábios lida com relacionamentos interpessoais, e não mistérios espirituais; mas o Taoísmo e o Budismo lidam com o exame da alma e do coração e também com as coisas do alto, e não com as coisas da terra. Essa é a diferença.

Aos trinta e dois anos de idade, matriculou-se na universidade, mas não se interessou em aprofundar seus estudos literários. Em vez disso, tornou-se um professor oficial de medicina, astrologia e matemática.

Foi um bom assobiador, segundo dizem, e, certa vez, quando subira o pico mais alto das Montanhas de Diamante e ali assobiara, os ecos ressoaram pelas colinas, e os sacerdotes ficaram assustados, perguntando-se de quem seria a flauta que estava tocando.

▲

Há um termo na Coreia que se lê da seguinte forma: *he-an pang-kwang*, "olho-espiritual, visão-distante", o ato de ver as coisas à distância. Isso diz respeito tanto aos taoístas quanto aos budistas.

Dizem que, quando um estudante atinge certa etapa de progresso, a parte macia da sua cabeça regride à magreza primitiva que é vista subindo e descendo na criança quando ela respira. Dessa parte da cabeça, saem cinco raios de luz que se proliferam para os lados e para cima, conforme o estudante avança no caminho espiritual. À medida que eles se estendem, a visão espiritual é aperfeiçoada, até que, ao final, um coreano suficientemente avançado consegue sentar-se e dizer:

— Em Londres, hoje, este ou aquele grande evento está ocorrendo.

Por exemplo, So Hwa-tam, que é um Sábio Taoísta, foi visto uma vez rindo sozinho enquanto estava sentado com os olhos fechados; quando lhe perguntaram por que rira, ele disse:

— Neste exato momento, no mosteiro de Haeinsa (a mais de quatrocentos quilômetros de distância), há um enorme banquete acontecendo. O sacerdote que estava mexendo o grande caldeirão de papa de feijão caiu dentro dele, mas os outros não sabem disso e estão comendo a sopa.

Posteriormente, chegaram notícias do mosteiro provando que aquilo que o sábio havia visto era realmente verdade.

A História de Confúcio, igualmente, lida com esse aspecto quando fala da sua viagem com seu discípulo An-ja, olhando das Montanhas de Taishan, em Shandong, em direção ao Reino de Wu. Confúcio perguntou a An-ja se ele conseguia ver alguma coisa, e An-ja respondeu:

— Vejo cavalos brancos amarrados aos portões de Wu.

Confúcio disse:

— Não, não, sua visão é imperfeita, desista de olhar. Não são cavalos, mas sim rolos de seda branca pendurados para alvejamento.

▲

O Mestre Puk-chang era um coreano notável. Desde o momento de seu nascimento, era um maravilhoso mistério. Ao ler um livro, se apenas folheasse as páginas, poderia recordá-lo palavra por palavra. Sem qualquer estudo em especial, tornou-se mestre em astronomia, geologia, medicina, adivinhação, música, matemática e geomancia – e tão verdadeiramente especialista era ele que sabia tudo isso.

Também era completamente versado nas três grandes religiões, Confucionismo, Budismo e Taoísmo. Falava constantemente o que outras pessoas não podiam compreender. Entendia os sons dos pássaros, as vozes da Natureza e muito mais. Acompanhou seu pai nos dias de infância, quando este foi a Pequim como emissário. Naquela época, estranhos povos bárbaros também costumavam vir e pagar seus tributos. Puk-chang estabeleceu uma relação de familiaridade com eles no caminho. Ao escutar a língua deles apenas uma vez, tornava-se prontamente capaz de comunicar-se com eles. Os compatriotas que o acompanhavam não foram os únicos a ficar espantados, nem somente os chineses, mas os bárbaros também. Existem inúmeras narrativas interessantes na história de Puk-chang, mas poucos registros adequados foram feitos e muitas delas se perderam.

Há uma, no entanto, de que me lembro, que veio a mim por meio de testemunhas confiáveis: Puk-chang, certo dia, foi visitar sua tia paterna. Ela pediu que ele sentasse e, enquanto conversavam, disse-lhe:

— Tive que fazer algumas colheitas na região de Yeongnam e enviei um servo para cuidar disso. Seu retorno atrasou, e, ainda agora, ele não voltou. Temo que ele tenha caído nas mãos de ladrões ou que tenha ocorrido um incêndio ou alguma outra desgraça.

— Devo dizer-lhe como estão as coisas com ele e até onde ele chegou em seu trajeto? – indagou Puk-chang.

— Você quer fazer piada sobre o assunto, é isso? – disse ela, dando risada.

Puk-chang, do lugar onde estava sentado, olhou aparentemente para o extremo sul e, por fim, disse a sua tia:

— Neste exato momento, ele está atravessando uma colina chamada Passagem dos Pássaros, em Mungyeong, na província de Gyeongsang. Veja! Neste exato momento ele está recebendo uma surra de um *yangban* (cavalheiro) transeunte, mas vejo que é por culpa dele mesmo, então não precisa se preocupar.

A tia riu e perguntou:

— Por que ele deveria ser espancado? Qual é o motivo? Conte-me.

Puk-chang respondeu:

— Parece que esse oficial estava comendo o jantar dele no topo da colina quando o teu servo passou por ele cavalgando sem desmontar.

O cavalheiro ficou naturalmente muito bravo e mandou os servos dele prenderem o teu homem, puxarem-no do cavalo e baterem em seu rosto com os ásperos sapatos de palha que possuíam.

A tia não podia acreditar que fosse verdade e tratou o assunto como uma piada; no entanto, Puk-chang não parecia estar brincando.

Interessada e curiosa, ela anotou o dia na parede depois que Puk--chang partiu e, quando o servo retornou, perguntou-lhe em qual dia ele havia cruzado a Passagem dos Pássaros, o qual se provou ser o dia registrado. Acrescentou também:

— Você se meteu em apuros com um *yangban* quando estava voltando?

O servo olhou assustado e perguntou:

— Como você sabe?

Ele então contou tudo o que acontecera consigo, e foi exatamente como Puk-chang havia relatado, nos mínimos detalhes.

*Yun Se-pyong,
o mago*

Yun
Se-pyong
era um homem de
Seul que viveu por mais
de noventa anos. Quando ele
era jovem, amava arco e flecha e foi
como adido militar para a capital de Mings
(Nanjing). Lá, encontrou um profeta que
lhe ensinou o Livro Sagrado dos Taoístas,
e, assim, aprendeu suas leis e praticou seus
ensinamentos. Sua vida foi escrita por Yi
So-kwang.

Chon
U-chi era
um mágico de
Songdo que viveu
por volta de 1550 e foi
associado em vida com Shin
Kwang-hu. Na residência deste
último, certo dia, quando chamou um
amigo, Kwang-hu pediu a Chon que mos-
trasse a eles uma de suas façanhas especiais. Pouco
depois, eles trouxeram uma mesa de arroz para cada um
do grupo. Chon pegou um punhado do dele e, em seguida,
soprou-o em direção ao jardim, momento em que o arroz se transformou em lindas borboletas que voaram alegremente para longe.

Chang O-sa costumava contar a seguinte história sobre o pai, Chon: certa vez, este foi visitá-lo e pediu-lhe um livro intitulado *O Tu-si*. O menino entregou o livro ao pai.

— Não fazia ideia — disse Chon — de que ele estava morto e era o seu fantasma. Dei o livro para ele, embora eu não soubesse, até então, que ele já estava morto há muito tempo.

A *História dos homens famosos* diz que "ele era um homem que entendia de magia herética e outros ensinamentos perigosos com os quais enganou o povo. Por conta disso, foi condenado à prisão em Sin-chon, na província de Hwanghae, onde morreu. Seu enterro foi organizado pelas autoridades da prisão, e, mais tarde, quando seus parentes vieram exumar seus restos mortais, descobriram que o caixão estava vazio".

Esta história e a de Im Bang não coincidem quanto à morte dele, mas julgá-las não está em minhas mãos.

J. S. Gale.

A transformação dos homens em bestas, insetos e criaturas rastejantes vem do Budismo; raramente se encontra no Taoísmo.

▲

Yun Se-pyong foi um militar que ascendeu ao posto de Ministro nos dias do Rei Jungjong. Parece que Yun aprendeu a doutrina da magia com um transeunte, a quem conheceu enquanto estava a caminho de Pequim na companhia de um emissário. Quando em seu lar, vivia em uma casa separada, bem longe dos outros membros de sua família. Era um homem tão, mas tão temido que nem mesmo sua esposa e seus filhos se atreviam a se aproximar dele. O que fazia em segredo ninguém parecia saber. No inverno, era visto com braçadeiras de ferro embaixo de cada braço, trocando-as frequentemente; quando retiradas, pareciam estar em brasa.

Na mesma época, havia um mago na Coreia chamado Chon U-chi, que costumava andar por Seul exercendo seu ofício. Tão hábil era ele que podia até mesmo simular a forma do dono de uma casa e entrar livremente nos aposentos das mulheres. Por conta disso, era bastante temido e detestado. Yun ouviu falar dele em mais de uma ocasião e ficou determinado a bani-lo da face da terra. Chon também ouviu falar de Yun e manteve a devida distância, nunca aparecendo na presença dele. Costumava dizer com frequência:

— Sou apenas um mago; Yun é um deus.

Certo dia, Chon informou a sua esposa que Yun viria naquela tarde e tentaria matá-lo.

— Então – disse ele –, mudarei de forma para escapar das garras dele. Se alguém vier perguntar por mim, apenas diga que não estou em casa.

Metamorfoseou-se então em um besouro e rastejou sob um vaso que estava de ponta cabeça no jardim.

Quando a noite começou a cair, uma jovem mulher muito bonita veio à casa de Chon e perguntou:

— O mestre Chon está em casa?

— Ele acabou de sair – respondeu a esposa.

— Mestre Chon e eu somos grandes amigos há muito tempo, e tenho um encontro marcado com ele hoje. Por favor, diga a ele que eu vim – disse a mulher, rindo.

A esposa de Chon, ao ver uma mulher bonita chegar assim e perguntar de modo tão familiar pelo seu marido, teve um ataque de fúria e disse:

— O canalha evidentemente tem uma segunda esposa da qual nunca me disse nada. Tudo o que ele acabou de dizer é falso.

Assim, saiu furiosa e, com um bastão, destruiu o vaso. Quando o vaso foi quebrado, o besouro estava embaixo dele. Em seguida, a mulher que chamara por ele transformou-se de repente em uma abelha, voou e picou o besouro. Chon, metamorfoseado em sua forma habitual, caiu e morreu, e a abelha voou para longe.

Yun vivia em sua própria casa como de costume, quando, certo dia, desabou subitamente em uma crise de choro. Os membros de sua família, alarmados, perguntaram-lhe o motivo.

— Minha irmã que vive na Província de Jeolla neste exato momento acaba de morrer – respondeu ele.

Em seguida, chamou os seus servos e fez com que preparassem suprimentos funerários, dizendo:

— As pessoas são pobres onde ela mora, então devo ajudá-las.

Escreveu uma carta e, após selá-la, disse a um de seus criados:

— Se você sair exatamente por este portão, encontrará um homem usando um chapéu de crina de cavalo e um uniforme de soldado. Peça a ele que entre. Ele está parado ali, pronto para ser chamado.

O homem foi chamado para dentro e, com efeito, era um servo dos deuses. Entrou e prostrou-se imediatamente aos pés de Yun.

— Minha irmã acabou de falecer em tal lugar na província de Jeolla. Pegue esta carta e vá imediatamente. Aguardo-o de volta nesta noite com uma resposta. O assunto é de tamanha importância que, se não trouxer a resposta como ordeno e dentro do tempo estipulado, tratarei de puni-lo – disse Yun.

— Chegarei a tempo, não fique ansioso – disse o homem.

Yun deu-lhe então a carta e o embrulho, e ele foi para fora do portão principal e desapareceu.

Antes de escurecer, voltou com a resposta. A carta dizia:

Ela morreu em tal hora hoje, e estávamos em apuros quanto ao que fazer, quando sua carta chegou com os suprimentos, como se já tivéssemos nos visto. Que incrível!

O homem que trouxe a resposta imediatamente saiu e desapareceu. A casa de luto está situada a mais de dez dias de viagem partindo de Seul, mas ele voltou de lá antes do pôr do sol, no espaço de duas ou três horas.

ized
A mulher-
-gato-selvagem

Kim
Soo-ik
era um nativo
de Seul que se
matriculou na universidade
em 1624 e formou-se em 1630. Em
1636, quando o Rei fugiu do exército
invasor Manchu para Namhan, Kim Soo-ik o
acompanhou. Opôs-se a qualquer rendição
à China ou a qualquer tratado com eles,
mas, uma vez que seu conselho não foi bem-
-recebido, retirou-se da vida pública.

Tong
Chung-so
era um chinês
de grande notorie-
dade. Certa vez, desejou
entregar-se aos estudos e
não saiu do quarto por três anos.
Durante esse tempo, um dia um
jovem o chamou e, enquanto esperava,
disse para si mesmo:

— Vai chover hoje.

Tong respondeu imediatamente:

— Se você não é uma raposa, então é um gato selvagem. Fora!

E o homem logo fugiu. Tong veio a descobrir isso por conta destas palavras: "Os pássaros que vivem nas árvores sabem quando o vento vai soprar; as feras que vivem na terra sabem quando vai chover". O gato selvagem inconscientemente se entregou.

▲

O ex-magistrado da Ilha de Jeju, Kim Soo-ik, vivia nas imediações do Portão Sul de Seul. Quando jovem, tinha o hábito de estudar chinês diariamente até tarde da noite. Uma vez, ao sentir fome, chamou sua esposa para trazer-lhe algo para comer.

— Não temos nada em casa, exceto sete ou oito castanhas. Devo assá-las e trazê-las para você? — perguntou a esposa.

— Sim, pode trazê-las — respondeu Kim.

Os servos estavam dormindo e não havia ninguém à disposição para atender a um pedido, então a própria esposa foi para a cozinha, fez fogo e cozinhou. Kim a esperou voltar nesse meio-tempo.

Após um período, ela trouxe as castanhas em uma cestinha, cozidas e prontas para serem servidas para ele. Kim comeu e gostou muito. Enquanto isso, ela sentou-se em frente à mesa dele e aguardou. Subitamente a porta se abriu, e outra pessoa entrou. Kim ergueu os olhos para ver, e lá estava a duplicata exata de sua esposa, com uma cesta na mão e castanhas assadas. Quando olhou para elas sob a luz, as duas mulheres eram fac-símiles perfeitas uma da outra. As duas também olharam de um lado para o outro em sinal de alerta, dizendo:

– O que é isto que acaba de acontecer? Quem é você?

Kim mais uma vez recebeu as castanhas assadas, colocou-as de lado e, depois, agarrou com firmeza cada mulher, a primeira pela mão direita e a segunda pela esquerda, segurando firme até o raiar o dia.

Por fim, os galos cantaram e o leste começou a clarear. Aquela cuja mão direita ele segurava disse:

– Por que você me segura dessa forma? Machuca! Deixe-me ir!

Ela balançou-se e tentou escapar, mas Kim segurou com mais firmeza. Em pouco tempo, após relutar, ela caiu no chão e de repente se transformou em um gato selvagem. Kim, com medo e surpreso, deixou-a ir, e ela conseguiu escapar pela porta. Que pena que ele não fez a fera jejuar para todo o sempre!

> **Nota do escritor:** há relatos de raposas transformando-se em mulheres e enganando pessoas no Kwang-keui e em outros romances chineses, mas a transformação do gato selvagem é ainda mais maravilhosa – e algo de que nunca ouvi falar. Por qual lei criaturas como as raposas e os gatos selvagens mudam dessa forma? Não sou capaz de encontrar nenhuma lei que governe isso. Alguns dizem que a raposa carrega um encantamento por meio do qual faz essas coisas mágicas, mas isso também valeria para o gato selvagem?

O sacerdote
malfadado

Certo
escriba
da Província de
Chungcheong, cujo
nome era Kim Kyong-jin,
contou-me uma vez a seguinte
história. Disse ele:
No ano de 1640, enquanto estava viajando pela Ponte do Grande Chifre na região de
Taein, vi um acadêmico que, com os seus quatro ou
cinco servos, havia sofrido algum tipo de acidente, estando
todos reduzidos a um estado de inconsciência, deitados à beira
do rio. Perguntei o que lhes aconteceu; finalmente, responderam:
"Estávamos comendo nossa refeição do meio-dia à beira da estrada, quando passou um sacerdote budista, um sujeito orgulhoso e arrogante, que se recusou a curvar-se ou demonstrar qualquer reconhecimento à nossa pessoa. Um dos servos, indignado com isso, gritou com ele. O sacerdote, no entanto, bateu nele com o seu cajado e, quando os outros vieram ajudar, bateu neles também, de modo que ficaram completamente desgrenhados, incapazes de se levantar ou andar. Depois, repreendeu o acadêmico, dizendo: 'Você não fez uma reprimenda aos seus servos por terem me insultado, então terei de puni-lo também'. O budista deu-lhe uma série de golpes violentos a ponto de ele entrar em um colapso profundo". Quando olhei adiante, lá estava o sacerdote, a um ou dois *li* de distância.

Naquele exato momento, um militar, com cerca de quarenta anos, veio em minha direção. Era pobre em carne e parecia não ter forças. Montado em um potro cadavérico, veio se arrastando; um menino que o acompanhava carregava seu chapéu e seu arco e flecha. Chegou ao córrego e, ao ver as pessoas em situação de sofrimento, perguntou o motivo. O oficial ficou muito zangado e disse: "Aquele sacerdote insolente, dotado de uma força bruta sem fim, atacou o meu povo e a mim".

"De fato", disse o forasteiro, "já ouvi falar dele há muito tempo e decidi bani-lo da face da terra, mas nunca tive oportunidade. Agora que finalmente o encontrei, estou determinado a tirar satisfação."

Ele então desmontou do cavalo, apertou seu cinturão e pegou seu arco e uma flecha que tinha uma ponta de "punho"; depois, saiu a galope em busca do sacerdote. Sem demora o alcançou. Assim que o sacerdote olhou para trás, o arqueiro disparou sua flecha, que penetrou profundamente no peito do inimigo. Em seguida, desmontou, desembainhou sua espada, perfurou as duas mãos do sacerdote, passou uma corda sobre elas, amarrou a corda no rabo de seu cavalo e voltou de modo triunfante para onde estava o acadêmico, dizendo: "Agora, lide com este sujeito conforme lhe aprouver. Estou indo embora".

O acadêmico curvou-se perante o arqueiro, agradeceu-lhe e perguntou-lhe o nome e onde morava. Ele respondeu: "Meu lar é na região de Gochang", mas não disse seu nome.

O acadêmico olhou para o sacerdote e nunca antes vira um gigante tão poderoso, mas que agora, com o peito flechado e as mãos perfuradas, era incapaz de falar; então, eles se levantaram, fizeram um picadinho com a carne dele e seguiram seu caminho, regozijando-se.

A visão do homem santo

Conta-se uma história acerca de Yi Chi-ham (Mestre To-jong) segundo a qual, um dia após seu casamento, ele saiu com seu *topo* ou casaco cerimonial, mas voltou sem este. Feita uma investigação, descobriu-se que ele o rasgara em pedacinhos para servir de atadura a uma criança doente que encontrara no caminho.

Certa vez, teve a impressão de que a casa de seu sogro estava prestes a ser acometida por um grande desastre; assim, pegou sua esposa e desapareceu do local. No ano seguinte, por alguma ofensa política, a casa foi de fato dizimada; e a família, totalmente destruída.

To-jong não era apenas um profeta, mas também um mago, como foi demonstrado por seu manejo de um barco. Quando partiu para o mar, as águas aquietaram-se diante dele e todo o seu caminho foi pacífico. Ausentava-se algumas vezes por um ano ou mais, viajando para muitas partes do mundo.

Praticava o jejum e, por vezes, ficava meses sem comer. Também superava a sede e, nos dias quentes de verão, evitava beber. Sufocava toda a dor e sofrimento de tal modo que, quando caminhava e seus pés ficavam cheios de bolhas, não prestava atenção nisso.

Quando jovem, foi discípulo de um famoso taoísta, So Hwa-dam. Como seu seguidor, vestia-se com tecido de relva (o traje de um homem pobre), usava sapatos de palha e carregava sua trouxa nas costas. Tinha relações amigáveis com os ministros de Estado e, ainda assim, era indiferente à grandeza e à pompa deles. Era familiarizado com as várias práticas de magia, de modo que, ao andar de barco, costumava pendurar cuias em cada canto do barco; assim equipado, ia e voltava muitas vezes para a ilha de Jeju e nunca pegava vento. Praticou o comércio, ganhou dinheiro e comprou terras que produziram milhares de sacos de arroz, os quais distribuiu entre os pobres.

Vivia em Seul, em uma pequena trincheira, de modo que seu nome se tornou "Pavilhão da Lama" ou To-jong. Seu chapéu era feito de metal; nele, costumava cozinhar sua comida e, depois, lavava-o e colocava-o de volta na cabeça. Também costumava usar sapatos de madeira e cavalgar em uma sela de carga.

Construiu uma casa para os pobres na cidade de Asan quando era um magistrado por lá; reuniu todos os necessitados e fez com que se interessassem e trabalhassem com as coisas nas quais tinham habilidade, a fim de que vivessem e prosperassem. Quando alguém não tinha habilidade especial, fazia-o costurar sapatos de palha. Incentivava-o até que conseguisse fazer no mínimo dez pares por dia.

Sobre ele, Yul-gok disse que era um sonhador, não adaptado a este mundo pragmático, porque pertencia ao reino das flores e dos lindos pássaros, das músicas e das brisas suaves, e não ao barro comum do arroz e feijão com mistura. To-jong ouviu isso e respondeu:

— Embora eu não seja igual ao arroz e ao feijão, ainda assim ficarei com as nozes e castanhas. Por que sou totalmente inútil?

(Fonte: "Registro das personalidades do início da nação")

▲

Era uma vez um comerciante chamado mestre To-jong, que, em suas práticas de comércio, foi tão longe a ponto de chegar ao Mar Oriental. Certa noite, ele dormiu em uma vila de pescadores à beira-mar. Quando isso ocorreu, um homem da vila chamou alguém que era conhecido como um *i-in* ou "homem santo". Os três encontraram-se e conversaram até tarde da noite – o dono da casa, o "homem santo" e To-jong. A noite estava muito límpida e lindamente calma. Ele olhou por certo tempo em direção à extensão de água e, de repente, teve um grande sobressalto e disse:

— Algo ruim está prestes a acontecer.

Seus companheiros, alarmados com o comportamento dele, perguntaram-lhe o que ele queria dizer. O "homem santo" respondeu:

— Em cerca de duas horas, haverá um tsunami que engolirá toda esta vila, destruindo tudo por completo. Caso não escapem depressa, ficarão como peixes em uma rede.

To-jong, sendo ele mesmo uma espécie de astrólogo, pensou primeiramente em resolver o mistério por trás disso, mas não conseguiu chegar a nenhuma explicação.

O dono da casa não quis acreditar e recusou-se a preparar sua fuga.

O "homem santo" disse, no entanto:

— Ainda que vocês não acreditem no que eu digo, vamos subir um pouco a parte de trás da montanha. Se minhas palavras falharem, poderemos apenas descer novamente, e ninguém será prejudicado por isso. Caso insistam em não confiar em mim, deixem seus deuses e suas mobílias como estão e permitam que as pessoas fujam.

To-jong estava bastante interessado, embora não conseguisse entender nada. O mestre já não podia recusar essa proposta; pegou então sua família e algumas coisas leves e seguiu o "homem santo" até o topo da colina.

Ele fez com que subissem até o ponto mais alto "para escaparem", segundo suas palavras.

To-jong não chegou ao topo, mas sentou-se na metade do caminho. Ele perguntou ao "homem santo" se estaria seguro o bastante por ali.

— Outros jamais escapariam se permanecessem onde você está, mas você terá apenas um susto e sobreviverá. – respondeu.

Quando o canto do galo surgiu, o mar efetiva e repentinamente ergueu sua superfície e transbordou em suas margens, e as ondas vieram rolando até os céus, subindo as encostas das montanhas até tocarem os pés de To-jong. Toda a cidade à beira-mar foi engolida. Quando veio a luz do dia, as águas baixaram.

To-jong prostrou-se diante do "homem santo" e pediu para ser seu discípulo. Este, contudo, isentou-se de qualquer conhecimento, dizendo que simplesmente sabia do tsunami por acaso. Era um homem que não falava de suas próprias realizações. To-jong perguntou o local de residência dele, ao que ele respondeu que era perto dali e, depois, partiu. To-jong foi procurá-lo no dia seguinte, mas a casa estava vazia, e não havia ninguém lá.

A visita do homem de Deus

No
tri-
gésimo
terceiro ano de
Mal-yok dos Ming
(1605), sendo o ano
Eulsa do reinado de Son-jo,
na sétima lua, caiu uma grande
chuva, tal qual não era vista desde a
fundação da dinastia. Antes que a chuva
caísse, um homem da Província de Gangwon
estava cortando lenha na encosta da colina. Enquanto
se ocupava com a tarefa, um anjo de armadura dourada,
montando um cavalo branco e carregando uma lança, desceu
do céu para ele. Sua aparência era muito deslumbrante, e o lenhador,
olhando para ele, o reconheceu como um Homem de Deus. Um sacerdote budista, carregando um cajado, também desceu em seu comboio. A aparência do sacerdote, igualmente, era bastante notável.

O Homem de Deus parou seu cavalo e parecia estar falando com o sacerdote, enquanto o lenhador, alarmado com a grande visão, escondia-se entre as árvores.

O Homem de Deus parecia estar muito bravo por alguma razão; ergueu sua lança e, apontando para os quatro ventos, disse:

— Inundarei toda a terra de uma extremidade à outra e destruirei aqueles que nela habitam.

O sacerdote que o seguia chorou e rogou-lhe que desistisse, dizendo:

— Isso significará a destruição total dos mortais; por favor, deixe sua ira recair sobre mim.

Assim que orou desse modo tão fervoroso, o Homem de Deus disse mais uma vez:

– Devo então limitar a inundação a este ou àquele lugar. Será suficiente?

Mas o sacerdote orou com ainda mais fervor, até que o Homem respondeu enfaticamente:

– Já reduzi mais da metade do castigo por tua causa; nada mais posso fazer.

Embora o sacerdote continuasse orando, o Homem de Deus recusou, até que, por fim, o primeiro disse de modo submisso:

– Sua vontade seja feita.

Terminaram assim e ambos partiram, passando pelo ar superior em direção ao céu.

Os dois conversaram por um longo tempo, mas, sendo a distância entre eles e o lenhador um pouco grande, ele não ouviu claramente tudo o que foi dito.

Voltou para casa, no entanto, com muita pressa e, com sua esposa e família, escapou; a partir desse dia, a chuva começou a cair. Com ela, o Monte Otai desabou, a terra abaixo dele afundou até virar um vasto lago, todos os habitantes foram destruídos e apenas o lenhador conseguiu escapar.

O *homem* de letras de *Imsil*

O
chamado
dos espíritos
é um dos poderes
que os discípulos do
Velho Filósofo (os Taoís-
tas), especialmente aqueles
que alcançam um alto estado de
realização espiritual, supostamente têm.
Enquanto permanecem os desejos naturais,
estes obscurecem e obstruem a visão espiritual;
assim que se livram deles, até mesmo anjos e seres
imortais tornam-se visíveis a olho nu. Eles diziam:

— Se todas as obstruções da carne forem eliminadas de uma vez, até mesmo o divino poderá ser visto.

Também diziam:

— Se eu não tiver nenhum desejo egoísta, a noite ao meu derredor brilhará com uma luz dourada; e se todos os pensamentos injuriosos forem verdadeiramente deixados de lado, o cervo selvagem da montanha descerá e brincará ao meu lado.

Ha Sa-gong, um taoísta de alto nível, como um homem velho, costumava sair para pescar, momento em que os pombos se instalavam em voos sobre sua cabeça e seus ombros. Certo dia, em seu retorno, contou para a esposa que eles eram tantos, que o aborreceram.

— Por que você não pega algum deles? – disse a esposa.

— Pegar um? – disse ele. – O que você faria com ele?

— Ora, comê-lo, é claro.

Então, no segundo dia, Ha saiu com essa intenção no coração, mas nenhum pássaro se aproximou ou pousou sobre ele. Todos mantiveram uma distância segura no alto, em pleno ar, com dúvidas e suspeitas evidentes em seus voos.

▲

No ano de 1654, havia um homem de letras vivendo em Imsil que afirmava poder controlar espíritos e ter dois guardas demoníacos constantemente sob seu comando. Certo dia, ele estava sentado com um amigo jogando xadrez, quando concordaram que o perdedor de cada partida deveria pagar uma multa em bebida. O amigo perdeu e, não obstante, recusou-se a pagar sua aposta, de modo que o mestre lhe disse:

— Se você não pagar, vou tornar as coisas difíceis para você.

O homem, contudo, recusou-se, até que o mestre, exasperado enfim, deu as costas para ele e invocou subitamente alguma fórmula em direção ao ar superior, como se estivesse dando uma ordem. O homem saiu correndo pelo pátio para conseguir escapar, mas uma mão invisível despiu o seu corpo e aplicou-lhe uma série de golpes tão sonoros que deixaram marcas roxas e sórdidas. Incapaz de suportar a dor por mais tempo, rendeu-se, e então o mestre riu e o soltou.

Em outro momento, ele estava sentado com um amigo enquanto, na vila vizinha, um ritual de feitiçaria e exorcismo estava em curso, com tambores e gongos batendo furiosamente. O mestre de repente correu para o bambuzal que ficava em frente à residência oficial e, parecendo muito zangado, com olhos brilhantes, gritou e desnudou o braço como se quisesse dar vazão à sua fúria. Depois de um tempo, parou. O amigo, achando essa performance peculiar, perguntou o que ela significava. Sua resposta foi:

— Uma multidão de demônios veio por conta do ritual e agora eles estão congregando no bambuzal; se eu não os expulsar, haverá problemas na cidade, e por esse motivo eu gritei.

Outra vez, ele estava fazendo uma viagem com um certo amigo, quando, subitamente, no meio do caminho, gritou aos quatro ventos, dizendo:

— Deixe-a ir, deixe-a ir, eu digo, ou irei puni-lo severamente.

Sua aparência era tão peculiar e ameaçadora que o amigo perguntou o que estava acontecendo. Naquele momento, ele não deu nenhuma resposta, e eles simplesmente seguiram seu caminho.

Naquela noite, entraram em uma aldeia onde queriam dormir, mas o dono da casa onde pediram abrigo disse que eles tinham doença e pediu para irem embora. Eles insistiram, no entanto, até que o homem finalmente enviou um criado para expulsá-los. Enquanto isso, as mulheres observavam o caso pelas frestas da janela e conversavam em sussurros sobressaltados, de modo que o acadêmico as ouviu.

Alguns minutos depois, o homem da casa os seguiu da maneira mais humilde e abjeta, pedindo-lhes para voltar e aceitar diversão e hospedagem em sua casa. Disse ele:

– Eu tenho uma filha, senhor, e ela adoeceu hoje mesmo e morreu, mas, depois de algum tempo, voltou à vida. Ela disse: "Um demônio me pegou e carregou a minha alma pela estrada principal, onde encontramos um homem, o qual nos parou e, em tom feroz, expulsou o espírito, que me soltou, e assim voltei à vida". Ela olhou para Vossa Excelência pela fresta da janela, e eis que você é o homem. Estou no limite do meu juízo para saber o que devo dizer-lhe. Você é um *genii* ou um budista, trazendo tão maravilhosamente os mortos de volta à vida? Ofereço este pequeno refresco; por favor, aceite.

O acadêmico riu e disse:

– Bobagem! Conversa de mulher. Como eu poderia fazer tais coisas?

Ele viveu por mais sete ou oito anos e morreu.

O soldado de Ganghwa

O Oriente diz que o ar é cheio de constituintes invisíveis que, uma vez apanhados e controlados, assumirão várias formas de vida. O homem de Ganghwa adquiriu a arte de conjurar e reunir os elementos necessários para a borboleta. Isso também vem do Taoísmo e é denominado *son-sul*, mágica taoísta.

Havia
certa vez
um soldado
de Ganghwa
que era o chefe de
sua aldeia; um homem de
classe baixa era ele – ao que tudo
indica, sem quaisquer predicados.
Um dia, sua esposa, tomada por um ataque de ciúme, sentou-se costurando em seus
aposentos internos. Era em meados de inverno,
e ele tinha obrigação de ficar em casa; assim, com a
intenção de animá-la e mandar a tristeza embora de sua
mente, disse-lhe:

– Gostaria de me ver fazer algumas borboletas?

Sua esposa, mais irritada do que nunca, repreendeu-o por sua imprudência e não prestou mais atenção.

O soldado pegou então a cesta de trabalho da esposa e dela selecionou pedaços de seda de várias cores; colocou-os na palma da mão, fechou a mão sobre eles e repetiu uma oração, depois da qual jogou o punhado no ar. Imediatamente, lindas borboletas encheram o quarto, deslumbrando os olhos e brilhando em todas as cores da própria seda.

A esposa, perplexa diante dessa maravilha, esqueceu a raiva. O soldado, pouco depois, abriu a mão, ergueu-a e todas as borboletas voaram de volta para ela. Fechou-a com força e depois a abriu de novo, e todas eram novamente pedaços de seda. Apenas sua esposa viu isso; ninguém mais sabia. Nenhuma magia tão estranha fora ouvida antes.

Em 1637, quando Ganghwa caiu diante dos Manchus, todas as pessoas desse lugar fugiram aflitas para salvar suas vidas, ao passo que o soldado permaneceu imóvel em sua casa, comendo suas refeições com sua esposa e família como de costume. Ele riu dos vizinhos que passavam apressados.

– Os bárbaros não tocarão nesta cidade; por que correr dessa forma? – disse ele.

Assim aconteceu que, enquanto toda a ilha era devastada, a aldeia do soldado escapou.

Amaldiçoado pela cobra

Ha Yun
formou-se
no ano de 1396 e
tornou-se magistrado
do Condado de Anak. Cons-
truiu muitos pavilhões dentro e
ao redor de sua residência oficial, onde
as pessoas poderiam descansar. Conforme
caminhava por seu distrito, vendo os fazendeiros
ocupados, escrevia muitas canções e versos para encora-
já-los em seu trabalho. Tornou-se posteriormente um censor
real, e o Rei Taejong o elogiou, dizendo:

– Muito bem, servo bom e fiel!

Posteriormente, tornou-se Chefe de Justiça. Livrou os escritórios públicos de todos os funcionários sem credibilidade e deixou o tribunal sem máculas. Quando tinha tempo livre, era seu hábito vestir-se com trajes cerimoniais, queimar incenso, sentar-se em posição de sentido e escrever versos de oração ao longo do dia.

Quando era jovem, certa vez, na corte do Príncipe herdeiro, escreveu um verso que foi comentado da seguinte forma: "Bela escrita, belo pensamento; um verdadeiro tesouro". Era um ótimo estudante e um ótimo investigador, grato e amável como um amigo. Estudou quando garoto sob a tutela do patriota Cheung Mong-ju e era reto e puro em todos os seus caminhos. Seu objetivo era ser como um dos Antigos, e assim ele seguiu a verdade e encorajou os homens no estudo dos livros sagrados. Costumava acordar com o primeiro canto do galo da manhã, tomar banho, vestir-se e nunca deixar seu livro de lado. À sua direita havia quadros, à sua esquerda havia livros, e ele ficava no meio dos dois, feliz. Eventualmente, ascendeu à posição de Primeiro-ministro.

▲

contos de fadas coreanos

A antiga sede da família do Príncipe Ha Yun ficava no condado de Geumcheon. Ele era um famoso Ministro de Estado nos dias de paz e prosperidade e frequentemente costumava encontrar descanso e lazer em sua casa de veraneio nesse mesmo condado. Era uma mansão grande e bem ordenada, ocupada pelos seus filhos por muitos anos após sua morte.

O povo desse condado costumava contar uma história muito esquisita de Ha e de sua prosperidade. Segundo essa história, ele teria colocado no cômodo superior um grande pote usado para guardar farinha. Certo dia, um de seus servos, querendo pegar um pouco de farinha do jarro, levantou a tampa, quando, de repente, das profundezas do jarro apareceu uma cobra enorme. Estarrecido, o servo recuou muito alarmado e em seguida foi contar ao mestre o que acontecera. O mestre enviou seus homens escravizados e mandou trazerem o jarro. Eles quebraram-no para abri-lo e de dentro dele saiu uma cobra enorme e horripilante como nunca antes vista. Muitos servos se juntaram com porretes e mataram o animal. Depois, empilharam pedaços de madeira em cima dele e atearam fogo em tudo. Eis que surgiram gases fumegantes e vis que encheram toda a casa. Por conta da fumaça, todas as pessoas desse lugar morreram, sem deixar ninguém para trás representando a família. Outros que entraram na casa morreram também, de modo que o local se tornou amaldiçoado e ficou em desolação. Pouco depois, um fogo misterioso eclodiu e queimou os edifícios restantes, deixando apenas o local vazio. Até os dias de hoje, o lugar é conhecido como "mal-assombrado", e ninguém se atreve a construir sobre ele.

*O homem
na estrada*

Na
Segunda
Invasão Man-
chu da Coreia, em
1636, o povo de Seul
saiu correndo em multidões
para tentar escapar. Uma parte
deles deparou-se subitamente com
uma grande frota de inimigos, armados e
com montarias. As colinas e os vales pareciam
cheios deles, e não havia meio de escapar. Eles não
sabiam o que fazer. Em meio à sua perplexidade, viram
de repente alguém sentado de modo pacífico na estrada
principal logo adiante, debaixo de um pinheiro, totalmente des-
preocupado. Ele havia desmontado de seu cavalo, o qual um criado
segurava bem perto dele. Uma tela de vários metros de tecido de algodão
estava pendurada bem diante dele, como que para protegê-lo da poeira
do exército que por ali passava.

As pessoas que estavam fugindo aproximaram-se desse estranho e disseram, implorando:

— Estamos todos condenados a morrer. O que devemos fazer?

— Por que deveriam morrer? E por que estão com tanto medo? Sentem-se aos meus pés e vejam os bárbaros passarem – disse o misterioso estranho.

As pessoas, percebendo sua mente tão serena e sua aparência destituída de medo – e não tendo outros meios de escapar –, fizeram o que ele ordenou e sentaram-se.

A cavalaria do inimigo movia-se em grande número, matando todos que encontrava, sem que uma única pessoa escapasse; mas, quando chegou ao local onde o mago estava sentado, seguiu adiante, aparentemente sem ver nada. Assim continuou até a noite, quando todos os soldados passaram. O estranho e as pessoas que estavam com ele passaram o dia inteiro sem que qualquer dano os atingisse, ainda que estivessem em meio ao acampamento do inimigo, por assim dizer.

Por fim, despertando para o fato de que ele possuía alguma magia fantástica, todos, de comum acordo, vieram e curvaram-se diante dele, perguntando seu nome e seu local de residência. No entanto, ele não deu nenhuma resposta, mas montou em seu lindo cavalo e partiu rapidamente, sem que ninguém conseguisse alcançá-lo.

No dia seguinte, o grupo se deparou com um homem que fora capturado, mas conseguira fugir. Perguntaram se ele tinha visto algo especial no dia anterior.

— Quando eu segui o exército bárbaro, passei por tal e tal ponto – disse ele, indicando o lugar onde o mago se sentara com o povo. – Contornamos grandes muralhas e rochas íngremes, frente às quais ninguém podia se mover, e assim seguimos adiante.

Assim, os poucos metros de tecido de algodão metamorfosearam-se diante dos olhos dos transeuntes.

O velho que virou um peixe

Alguns
anos atrás,
um oficial notável
tornou-se magistrado
do Condado de Goseong.
Certo dia, um convidado o visi-
tou para prestar-lhe homenagens; ao
meio-dia, o magistrado teve uma mesa de
comida preparada para ele, na qual havia um
prato de sopa de raia. Quando o convidado viu a
sopa, fechou a cara e a recusou, dizendo:

— Hoje estou jejuando carne de peixe, então peço licença para não comer.

Seu rosto ficou muito pálido, e lágrimas escorreram de seus olhos. O magistrado achou esse comportamento estranho e perguntou-lhe duas ou três vezes o que estava acontecendo. Quando não pôde mais conter uma resposta, o convidado entrou em todos os pormenores e contou-lhe a história.

— Seu humilde servo — disse ele — encontrou na vida muitas experiências inauditas e infelizes, as quais nunca contou a uma alma viva, mas, agora que Vossa Excelência me pede, não posso deixar de contar. O pai de seu servo era um homem muito velho, quase centenário, quando, um dia, foi acometido de uma febre alta, na qual seu corpo ficou como uma fornalha ardente. Vendo o perigo que ele corria, seus filhos reuniram-se chorando, pensando que o tempo de sua partida certamente chegara. Mas ele sobreviveu e, alguns dias depois, disse para nós: "Estou sobrecarregado com um calor tão grande nesta doença que não sou capaz de aguentar por mais tempo. Gostaria de sair para a margem do rio que corre na frente de casa, ver a água fluindo e me refrescar com ela. Não me desobedeçam agora, levem-me imediatamente para a beira da água".

"Reclamamos com ele e imploramos para que não o fizesse, mas ele ficou bastante zangado e disse: 'Se não fizerem o que eu ordenar, serão a causa de minha morte'; e assim, vendo que não havia opção, nós o carregamos e o colocamos na margem do rio. Ele, vendo a água, ficou muito satisfeito e disse: 'A água límpida que flui cura a minha doença'. Um momento depois, disse ainda: 'Gostaria de ficar totalmente sozinho e me livrar de todos vocês por um tempo. Vão para a floresta e aguardem até eu mandar vocês voltarem'.

"Novamente, reclamamos, mas ele ficou muito furioso, de modo que ficamos sem saída. Temíamos que, se insistíssemos, sua enfermidade ficaria pior e, assim, fomos obrigados a ceder. Afastamo-nos por uma curta distância e então nos viramos para olhar, quando de repente o velho pai tinha fugido do lugar onde estava sentado. Corremos de volta para ver o que acontecera. Meu pai havia tirado a roupa e mergulhado na água, que estava lamacenta. Seu corpo já estava meio metamorfoseado em uma raia. Vimos sua transformação aterrorizados e não nos atrevemos a chegar perto dele, quando, de uma só vez, ele se transformou em um grande linguado, que nadava, mergulhava e divertia-se na água com intenso deleite. Olhou para trás em nossa direção como se mal conseguisse partir, mas, um momento depois, estava longe; entrou no mar profundo e nunca mais apareceu.

"Na beira do riacho onde ele mudara de forma, encontramos suas unhas e um dente. Essas partes nós enterramos e, hoje, como uma família, temos todos que nos abster de raias e, quando vemos os vizinhos fritando ou comendo esse peixe, ficamos com repugnância e horror."

O geomante

Yi
Eui-
-shin era
um especialista
em Geomancia. Seu
ofício surgiu evidentemente
como um produto derivado do
Taoísmo, mas misturou a ele elementos
da antiga filosofia chinesa. O positivo e
o negativo, os dois princípios primários da
natureza, desempenham um grande papel, bem
como os cinco elementos: metal, madeira, água,
fogo e terra. Na seleção de um local, uma casa é
considerada uma escolha "masculina", ao passo
que o túmulo é denominado escolha "feminina".
Milhões em dinheiro foram gastos na Coreia
com o geomante e os seus associados, na
esperança de encontrar lares ditosos para os
vivos e locais de repouso auspiciosos para os
mortos, uma vez que os ideais coreanos dizem
que, de alguma forma misteriosa, toda a nossa
fortuna está associada à Mãe Terra.

Havia
c e r t a
vez um geo-
mante, Yi Eui-
-shin, que, ao procurar
uma vereda montanhosa
especial, começou pela Crista
do Dragão, na província Hamgyong
do Norte, seguindo-a até chegar à Montanha do Pinheiro do condado de Yangju,
onde o caminho terminava de modo lindamente
arredondado, constituindo o local perfeito para um
enterro. Após vagar o dia todo pelas colinas, o espírito
faminto de Yi clamou por alimento. Viu embaixo da colina uma
pequena casa, para onde foi; batendo na porta, pediu algo para comer.
Um homem recentemente enlutado saiu de forma respeitosa e gentil e
deu-lhe um prato de mingau branco. Yi, depois de comer, perguntou em
que momento o amigo ficou de luto e se o funeral já tinha passado. O
proprietário respondeu:

— Estou entrando agora em luto completo, mas ainda não organiza-
mos o funeral — disse de uma forma triste e desanimada.

Yi sentiu pena dele e perguntou por que ainda não organizara o
funeral.

— Imagino se é por ser pobre que ainda não fez os preparativos necessários ou talvez ainda não tenha encontrado um local ideal! Sou um especialista em ler as colinas e apontarei um local para você; gostaria de ver?

O homem enlutado agradeceu-lhe muito e disse:

— Ficarei encantado em conhecê-lo.

Yi mostrou-lhe o fim da grande vereda que ele acabara de descobrir,
bem como o local para a sepultura e como chegar lá pelos pontos cardeais
da bússola.

— Depois de tomar posse desse local – disse ele –, você ficará muito rico, mas em dez anos terá motivos para providenciar outro local. Quando isso acontecer, por favor, me chame, tudo bem? Quando for me procurar, pergunte por Yi So-pang, que vive em Seohakyeon, em Seul.

O homem enlutado agiu conforme os direcionamentos, e, como o geomante havia previsto, todos os seus negócios prosperaram. Ele construiu uma grande casa de azulejos e ornamentou a sepultura com pedras enormes, como faria um cavalheiro do campo próspero e magnânimo.

Após dez anos, um convidado o chamou certo dia e, cumprimentando-o, perguntou:

— Aquela sepultura para além do riacho é sua?

— É minha – respondeu o mestre.

Depois, o forasteiro disse:

— Este local é famoso, mas dez anos se passaram desde que você tomou posse dele, e a sorte já se foi; por que não faz alguma mudança? Se esperar muito, vai se arrepender e pode haver um grande desastre – disse o forasteiro.

O proprietário, ao ouvir isso, pensou em Yi, o geomante, e no que ele havia dito anos atrás. Ao relembrar, pediu ao forasteiro que permanecesse como seu convidado enquanto ele iria a Seul no dia seguinte procurar por Yi em Seohakyeon. Encontrou-o e contou-lhe o motivo da sua vinda.

— Eu já sabia disso – disse Yi.

Assim, os dois viajaram juntos para a casa do inquiridor. Chegando lá, foram com o convidado para o topo da colina.

— Por que disse ao mestre para mudar o local? – perguntou Yi ao hóspede.

— Esta colina é um período formativo para Faisões Ajoelhados. Se o faisão ajoelha por muito tempo, não consegue suportar, de modo que, dentro de um período limitado, deve voar. O tempo é de dez anos; por essa razão, falei – respondeu o convidado.

— Sua ideia é só uma visão parcial. Você pensou em apenas uma coisa, há outras condições que também entram – disse Yi, depois de rir.

Em seguida, mostrou o pico de trás e disse:

— Adiante está a Colina do Cão, e, depois, logo abaixo, aquela que é a Colina do Falcão, e então o riacho à frente, que é o Rio do Gato. Este é o grupo todo, o cão atrás, o falcão acima e o gato na frente; como pode então o faisão voar? Ele não se atreve a fazê-lo.

– Mestre, decerto seus olhos são iluminados e enxergam mais longe do que aqueles dos homens comuns – respondeu o convidado.

Desse dia em diante, os Yis da Montanha do Pinheiro tornaram-se uma grande e notável família.

*O homem que
virou um porco*

Kim
Yu era
filho de um
magistrado da
zona rural que se
formou com honrarias
literárias em 1596. Em 1623, foi
um dos cortesãos fiéis que uniram
forças para destronar o perverso Príncipe
Gwanghae e colocar Injo no trono. Ascendeu
à posição de Príncipe e tornou-se, posteriormente,
Primeiro-ministro. No ano de 1624, quando Yi Gwal
levantou uma insurreição, ele foi o responsável por der-
rubá-la e trazer muitos de seus seguidores à justiça. Em 1648,
morreu com setenta e sete anos de idade.

No último ano de Seon-jo, o Rei reuniu seus netos e pediu que escrevessem em chinês para ele e desenhassem algumas figuras. Nessa época, Injo era um garotinho e desenhou a figura de um cavalo. O Rei Seon-jo deu o desenho a Yi Hang-bok, mas, quando este foi para o exílio alguns anos depois, passou o desenho a Kim Yu. Kim Yu pegou-o e pendurou-o em sua casa, e lá ele permaneceu.

O Príncipe Injo estava fazendo uma viagem certo dia para fora do palácio, quando foi surpreendido pela chuva e refugiou-se no portão de um alojamento vizinho. Uma camareira apareceu e convidou-o a entrar, pedindo que ele não ficasse no molhado, mas ele recusou. O convite, no entanto, foi tão insistente que ele seguiu em direção ao quarto de hóspedes, onde viu a figura de um cavalo na parede. Ao examinar cuidadosamente, reconheceu o desenho que havia feito quando menino e perguntou-se como ele fora parar ali. Kim Yu entrou em seguida, e eles se encontraram pela primeira vez. O Príncipe Injo contou-lhe como havia sido tomado pela chuva e convidado a entrar. Perguntou acerca do desenho do cavalo pendurado na parede, e Kim Yu, em resposta, questionou por que ele estava perguntando isso.

— Eu mesmo desenhei essa figura quando era menino – disse o Príncipe Injo.

No momento exato em que começaram a conversar, trouxeram dos aposentos internos uma mesa rica de comida. Kim Yu, ainda sem saber quem era seu convidado, olhou com admiração para essa surpresa e, após o Príncipe Injo ir embora, perguntou para a esposa por que ela enviara pratos tão deliciosos para um estranho.

— Em um sonho na noite passada, vi o Rei chegar e ficar na frente da nossa casa. Estava pensando exatamente nisso quando um servo entrou e disse que alguém estava parado diante da porta. Olhei para fora, e eis que era o homem que eu tinha visto no meu sonho! Por isso, fiz questão de tratá-lo com a maior hospitalidade que estava ao meu alcance – respondeu a esposa.

Kim Yu logo descobriu quem era seu interlocutor e, desde então, tornou-se fiel partidário da causa do Príncipe Injo, ajudando a colocá-lo no trono posteriormente.

Após Injo tornar-se Rei, ele perguntou em particular para Kim Yu onde ele conseguira o desenho.

— Eu peguei com o Príncipe Yi Hang-bok – disse Kim Yu.

Ele chamou então o filho de Yi e perguntou-lhe como seu pai adquirira a imagem.

— No último ano do Rei Seon-jo, ele chamou meu pai junto a todos os seus outros netos e mostrou-lhes os escritos e os desenhos dos jovens príncipes. Meu pai olhou para eles interessado, mas o Rei deu-lhe apenas um como lembrança, a saber, o desenho do cavalo – disse o filho.

Na imagem, havia um salgueiro e um cavalo amarrado a ele. Kim Yu reconheceu então o pensamento subjacente ao presente da figura, a saber, que o Príncipe Yi Hang-bok deveria apoiar Injo na sucessão do trono.

▲

Um certo Ministro de Estado chamado Kim Yu, vivendo no condado de Seungpyeong, tinha um parente que residia em uma parte muito distante da região, um velho com quase cem anos. Certo dia, um filho desse patriarca veio ao gabinete do Ministro e pediu para vê-lo. Kim ordenou que ele fosse admitido e perguntou por que ele viera.

– Tenho algo muito importante a dizer, um assunto privado para apresentar diante de Vossa Excelência. Há tantos convidados convosco agora que voltarei ao anoitecer para falar – respondeu ele.

À noite, quando todos foram embora, ele voltou, e o Ministro ordenou que seus criados pessoais se retirassem e perguntou o significado da visita. O homem respondeu, dizendo:

– Meu pai, embora muito velho, era, como talvez o senhor saiba, um homem forte e vigoroso. Certo dia, ele chamou a nós, crianças, e disse: "Desejo fazer uma sesta, então fechem a porta agora e saiam todos do quarto. Não deixem ninguém se aventurar a entrar até eu chamá-los". Nós concordamos, é claro, e assim o fizemos. Até tarde da noite, não houve chamada nem ordem para abrir a porta, então começamos a ficar ansiosos. Finalmente, olhamos através da fresta, e eis que nosso pai se transformou em um porco enorme! Aterrorizados com o que vimos, abrimos a porta e olhamos para dentro, quando o animal grunhiu e roncou e correu para tentar passar por nós. Rapidamente fechamos a porta de novo e tivemos uma conversa. Alguns disseram: "Vamos manter o porco como está, dentro de casa, e cuidar dele". Outros disseram: "Vamos fazer um funeral e enterrá-lo". Uma vez que nós, ignorantes moradores do campo, não sabemos o que fazer em circunstâncias tão peculiares, vim pedir o conselho de Vossa Excelência. Por favor, pensai nesse fenômeno estarrecedor e dizei o que devemos fazer.

Kim, ao ouvir isso, teve um grande susto, pensou no assunto por um longo tempo e disse enfim:

– Nunca se ouviu falar de tal coisa misteriosa, e eu realmente não sei o que é melhor fazer nessas circunstâncias, mas, ainda assim, parece-me que, uma vez que essa metamorfose surgiu do nada, é melhor não enterrá-lo antes da morte, então desistam da ideia do funeral. Já que, da mesma forma, ele não é mais um ser humano, não acho certo mantê-lo em casa. Você diz que ele quer escapar e, sendo uma caverna na floresta ou nas

contos de fadas coreanos

colinas sua morada adequada, acho melhor tirá-lo de casa e deixá-lo livre para seguir pelas profundezas sem trilhas de alguma região montanhosa, onde nenhum pé humano jamais pisou.

O filho aceitou esse sábio conselho e agiu como o Ministro dissera, levando o pai para as montanhas profundas e libertando-o. Depois, vestiu uma roupa de luto, fez suas lamentações, enterrou as roupas de seu pai como em um funeral e marcou o dia da metamorfose como o dia da cerimônia sacrificial.

*A velha
que virou
um duende*

Havia
um estu-
dioso confu-
cionista que vivia
na parte sul de Seul.
Dizem que ele saiu para
passear um dia enquanto sua
esposa permaneceu sozinha em casa.
Quando ele estava ausente, apareceu uma
velha mendigando que parecia uma sacerdo-
tisa budista, pois, embora muita velha, seu rosto
não era enrugado. A esposa do estudioso perguntou se
ela sabia costurar. Ela disse que sim, e então a esposa fez a
seguinte proposta:

— Se você ficar e trabalhar para mim, darei seu café da manhã e seu jantar, e você não terá que mendigar em lugar nenhum. Concorda?

— Oh, muito obrigada, ficarei encantada — respondeu ela.

A esposa do estudioso, muito satisfeita com sua barganha, acolheu a velha e colocou-a para colher algodão e fiar. Em um dia, ela produziu mais do que oito mulheres comuns e, não obstante, parecia ter muito tempo de sobra. A esposa, muito entusiasmada, ofereceu-lhe um grande banquete. Após cinco ou seis dias, no entanto, o sentimento de deleite e o desejo de tratá-la bem e com liberalidade desvaneceram um pouco, de modo que a velha ficou com raiva e disse:

— Estou cansada de viver sozinha, então quero o seu marido para ser meu parceiro.

Ao receber uma recusa, saiu furiosa, mas voltou um pouco depois, acompanhada de um velho decrépito que parecia um mendigo budista.

Esses dois entraram corajosamente na sala e tomaram posse do local, esvaziaram as coisas que estavam na antiga caixa de madeira na estante e ambos desapareceram dentro dela, de modo que não podiam ser vistos, apenas suas vozes eram ouvidas. De acordo com o enlevo que tomou conta deles, pediram comestíveis e outras coisas. Quando a esposa do estudioso falhava em agradá-los nos mínimos detalhes, enviavam pestes e doenças sobre ela, de modo que seus filhos adoeceram e morreram. Parentes, ao saberem disso, vieram ver, mas também pegaram a peste, adoeceram e morreram. Pouco a pouco, ninguém se atrevia a aproximar-se do lugar e, ao final, descobriram que a esposa fora feita prisioneira por essas duas criaturas duendes. Por um tempo, a fumaça era vista pelo povo da cidade saindo diariamente da chaminé, e eles sabiam que a esposa ainda vivia, mas, após cinco ou seis dias, a fumaça cessou, e eles souberam então que o fim da mulher havia chegado. Ninguém se atreveu a fazer perguntas.

O fantasma agradecido

É
dito com
frequência
que, nos dias da
Dinastia Goryeo (918-
-1392), quando um exame
estava prestes a acontecer, um
certo estudante vinha de uma parte
muito remota do país para participar.
Certa vez, em sua jornada, o dia estava chegando ao fim, e ele se viu em meio às montanhas.
Subitamente, ouviu um espirro entre as trepadeiras
e os arbustos à beira da estrada, mas não conseguiu ver
ninguém. Achando estranho, desmontou de seu cavalo, parou
e escutou. Ouviu novamente, e o som parecia vir das raízes de trepadeira perto dele; ordenou então que seu servo cavasse ao redor da região
e procurasse. Ele cavou e encontrou o crânio de um homem morto. Estava
cheio de terra, e as raízes de trepadeira passavam pelas suas narinas. O
espirro era causado pela perturbação que o espírito sentia ao ter seu nariz
tão incomodado.

O candidato teve pena, lavou o crânio em água limpa, embrulhou-o com papel e voltou a enterrá-lo em seu lugar de origem, na encosta da colina. Também trouxe uma mesa de comida, ofereceu um sacrifício e fez uma oração.

Naquela noite, em sonho, um erudito veio até ele, um velho de cabelos brancos que se curvou, agradeceu e disse:

— Por conta dos pecados cometidos em uma vida passada, morri antes do tempo de cumprir meus dias. Minha posteridade, igualmente, foi toda destruída, meu corpo reduziu-se a pó, apenas meu crânio permaneceu, e foi ele que você encontrou debaixo da trepadeira. Por causa da raiz passando pelo nariz, o incômodo era grande, e eu não podia deixar de espirrar. Por sorte, você e seu coração bondoso, abençoados pelo céu, tiveram piedade de mim, enterraram-me em um lugar limpo e deram-me alimento. Sua bondade é maior do que as montanhas, como a bênção que primeiro me trouxe à vida. Embora minha alma não seja de modo algum perfeita, eu ainda anseio por algum modo de retribuir o seu favor, e por isso exercitei meus poderes em seu benefício. Sua atual viagem tem o propósito de tentar o Exame oficial, então lhe direi com antecedência como devem ser a forma e o assunto dele. Devem ser grupos de cinco caracteres, em versos; o som da rima é *pong*; e o tema, "Picos e Pináculos das Nuvens de Verão". Já compus um para você que, se quiser usá-lo, sem dúvida lhe dará o primeiro lugar. É assim:

O sol branco caminhava alto nos céus,
E as nuvens flutuantes formavam um grande pico;
O sacerdote que os viu perguntou se havia algum templo por ali,
E a garça lamentou o fato de os pinheiros não estarem visíveis;
Mas os relâmpagos das nuvens eram os clarões do machado do lenhador,
E os trovões abafados eram as badaladas do templo sagrado.
Quem dirá que as colinas não se movem?
Nas brisas do pôr do sol, navegaram para longe.

Após dizer isso, ele fez uma reverência e partiu.

O homem, maravilhado, desperto de seu sonho, veio a Seul; eis que o assunto foi como o espírito previra. Ele escreveu o que lhe fora dado e tornou-se o primeiro nas honrarias da ocasião.

A donzela valente

Dizem-nos no *Yol-ryok Keui-sul* que, quando Han Myeong-hoe era um menino, teve como protetor e amigo um tigre, que costumava acompanhá-lo como um cão acompanha o dono. Uma noite, quando ele começou a subir as colinas, ouviu o passo distante da enorme fera, que sentiu o cheiro da sua partida e veio correndo atrás dele. Quando Han o viu, virou-se e disse:
– Bom e velho camarada, veio de tão tão longe para ser meu amigo; eu amo você por conta disso.
O tigre prostrou-se e acenou com a cabeça várias vezes. Ele costumava acompanhar Han por todas as noites, mas, quando o dia amanhecia, deixava-o.
Han mais tarde caiu em más companhias, passou a gostar de beber e virou um dos companheiros ruidosos do Rei Sejo.

Han Myeong-hoe foi um renomado Ministro do Reino de Sejo (1455-1468). O Rei apreciava-o e gostava muito dele, e não havia ninguém na Corte capaz de superá-lo em influência e favor real. Confiante de sua posição, Han fazia o que tinha vontade, exercendo poder absoluto. Nessa época, como a grama ao vento, o mundo curvava-se à sua vinda; ninguém se atrevia a proferir uma palavra de protesto.

Quando Han foi como Governador para a província de Pyong-an, fez todo tipo de coisas ilegais. Qualquer um que ousasse contrariar minimamente os seus desejos era castigado com a tortura e a morte. Toda a província o temia como temeriam um tigre.

Certo dia, o Governador Han, ouvindo que o Subprefeito de Seonjeon tinha uma filha muito bonita, chamou-o e disse:

— Vejo que você tem uma filha muito linda, a quem eu gostaria de fazer minha concubina. Quando eu estiver em minhas rondas oficiais, em breve, espero parar na sua cidade e levá-la. Então, esteja pronto para mim.

Alarmado, o Subprefeito disse:

— Como Vossa Excelência pode dizer que a desprezível filha do seu servo é linda? Alguém a apresentou erroneamente. Mas, já que assim ordena, o que posso fazer senão aceitar de bom grado?

Ele então se curvou, fez uma despedida e foi para casa.

Ao regressar, sua família percebeu que seu rosto estava nublado de ansiedade, e a filha perguntou por quê.

— O governador o chamou, pai? – perguntou. – Por que está tão ansioso? Diga-me, por favor.

A princípio, temendo que a moça ficasse inquieta, não respondeu, mas as repetidas perguntas dela o forçaram a dizer:

— Estou em apuros por sua causa.

Em seguida, contou como o governador a queria para ser sua concubina.

— Se eu recusasse, teria sido morto, então cedi; mas a filha de um cavalheiro virar uma concubina é uma desonra sem precedentes.

A filha fez pouco caso e riu.

— Por que não pensou melhor, pai? Por que um homem adulto perderia a vida por causa de uma garota? Deixe a filha ir. Ao perder uma filha e salvar sua vida, certamente fará melhor do que salvar uma filha e perder sua vida. Pode-se ver facilmente onde está a maior vantagem. Uma filha não conta; entregue-a, assunto encerrado. Não mude de ideia nem por um minuto, apenas alivie sua angústia e ansiedade. Nós mulheres, cada uma de nós, estamos sob censura, e tais coisas são decretadas pelo Destino. Eu aceitarei sem qualquer oposição, então, por favor, não tenha ansiedade. Já está decidido, e você, pai, deve aceitar e seguir adiante. Se fizer assim, tudo ficará bem.

O pai suspirou e disse em resposta:

— Já que parece tão disposta, minha mente fica um pouco mais aliviada.

Porém, a partir daquele momento, toda a casa ficou aflita. Apenas a garota parecia perfeitamente impassível, sem mostrar o menor sinal de medo. Ria como de costume, com sua risada leve e feliz, e suas ações pareciam maravilhosamente livres.

Em pouco tempo, o Governador chegou a Seonjeon em suas rondas. Chamou então o Subprefeito e disse:

— Prepare sua filha para amanhã, com todas as coisas necessárias.

O Subprefeito chegou a casa e fez os preparativos para o dito casamento. A filha disse:

— Este não é um casamento de verdade; é apenas a tomada de uma concubina. Ainda assim, prepare todos os comes e bebes e a cerimônia como se fosse um verdadeiro casório.

Assim fez o pai, como ela pediu.

No dia seguinte, o Governador chegou à casa do Subprefeito. Não estava usando vestes oficiais, mas veio simplesmente com a roupa e o chapéu de um plebeu. Quando entrou nos aposentos internos, encontrou a filha; ela ficou em pé diante dele. As duas mãos dela ergueram-se de uma forma cerimonial, mas, ao invés de segurar um leque para esconder o rosto, ergueu uma espada diante de si. A donzela era muito bonita. Ele teve um grande sobressalto e perguntou o sentido de ela carregar uma espada. Ela ordenou que sua ama respondesse, a qual disse:

– Ainda que eu seja uma camponesa desconhecida, não me esqueço de que nasci na nobreza; e, embora Vossa Excelência seja um alto Ministro de Estado, insistir em levar-me à força é uma desonra sem precedentes. Se aceitar-me como sua real e verdadeira esposa, servi-lo-ei de todo o meu coração, mas, se estiver determinado a tomar-me como uma concubina, morrerei agora mesmo por meio desta espada. Por essa razão, carrego-a. A minha vida repousa em uma palavra de Vossa Excelência. Fale, por favor, antes que eu decida.

O governador, embora fosse um homem que não ligava para cerimônias e nunca tolerava um questionamento, quando viu quão bela e determinada era essa donzela, tornou-se imediatamente uma vítima dela e disse:

– Se é assim que decide então, é claro, farei de ti minha verdadeira esposa.

– Se você realmente concorda, então, por favor, retire-se e escreva a certidão; envie os presentes; providencie um ganso; vista-se de modo apropriado; venha e deixe-nos passar pela cerimônia requerida; beba da taça do juramento, e casemos – foi a resposta dela.

O Governador fez tudo o que ela sugeriu; cumpriu os protocolos ao pé da letra, e eles se casaram.

Ela não era apenas uma mulher muito bonita, mas também era íntegra e de alma verdadeira – uma pessoa rara, de fato. O governador levou-a para casa, amou-a e tratou-a com carinho. Ele já tinha, no entanto, uma verdadeira esposa e outras concubinas, mas deixou todas de lado e fixou suas afeições apenas nessa recém-chegada. Ela censurou os erros e atos injustos dele, e ele ouviu tudo e fez progresso. O mundo percebeu isso e a elogiou como uma mulher verdadeira e maravilhosa. Ela considerava a si própria como a verdadeira esposa, mas a primeira a tratava como uma concubina, e todos os parentes também diziam que ela nunca poderia ser considerada uma esposa de verdade. Nessa época, o Rei Sejo, vestido de plebeu, costumava visitar com frequência a casa de Han. Este o entretinha regiamente com comes e bebes que sua esposa costumava trazer e oferecer diante dele. Ele a chamava de "irmãzinha". Certo dia, o Rei Sejo, como de costume, foi até a casa e, enquanto estava bebendo, viu de repente a mulher prostrar-se diante dele. Surpreso, o Rei perguntou o que esse ato significava. Ela contou-lhe então a história de como foi tomada à força e trazida para Seul. Chorava enquanto dizia:

— Embora eu seja de uma parte muito distante do país, sou de ascendência nobre e meu marido tomou-me com todas as cerimônias exigidas para uma esposa, de modo que não devo ser considerada uma concubina. Mas não há lei nesta terra por meio da qual possa haver uma segunda esposa real depois de uma primeira esposa real existir, então me chamam de concubina, uma questão de profunda desonra. Por favor, Vossa Majestade, tenha piedade de mim e decida a minha causa.

O Rei riu e disse:

— Este é um assunto simples de resolver; por que minha irmãzinha deveria fazer um grande caso disso e curvar-se diante de mim? Decidirei seu caso imediatamente. Venha.

Escreveu então, de próprio punho, um documento tornando-a uma esposa de verdade, e seus filhos, elegíveis para os mais altos cargos. Ele escreveu, assinou, carimbou e deu o documento a ela.

Dali em diante, ela foi reconhecida como uma esposa verdadeira, em posição de igualdade com a primeira. Mais nenhuma palavra foi dita sobre o assunto, e os seus filhos partilharam dos assuntos de Estado.

A esposa engenhosa

No
último
ano de Yeon-
-san, terríveis males
acometeram o povo. Perpe-
tuou-se uma maldade tal como
o mundo nunca antes vira, da qual
Sua Majestade era o gênio maligno. Ele até
mesmo deu ordens a seus eunucos e subalternos
para trazerem quaisquer mulheres de beleza especial
que avistassem nas casas da mais alta nobreza – e qualquer
uma que o agradasse ele usava como se fosse sua.

– Não quero saber de objeçoes – disse ele –, tomem-nas à força e venham logo.

Tais foram suas ordens. Ninguém escapava dele. Chegou ao ponto de espalhar em vários lugares que a esposa do Ministro Fulano de Tal preferia o Rei ao marido e gostaria de viver no palácio para sempre. Essa era a fofoca da cidade, e as pessoas ficaram perplexas.

Por essa razão, todos os corações o abandonaram e, por conta disso, ele foi destronado, e o Rei Jungjong reinou em seu lugar.

Naqueles dias de aflição, havia uma jovem esposa de um certo Ministro que era muito bela de corpo e de rosto. Eis que um dia ela foi convocada ao palácio. Outras mulheres, quando chamadas, chorariam e comportar-se-iam como se suas vidas estivessem perdidas, mas essa jovem mulher não demonstrou o menor sinal de medo. Vestiu-se e foi diretamente para o palácio. O Rei Yeon-san a viu e ordenou-lhe que se aproximasse. Ela foi, e então, de modo repentino, o odor mais terrível que se possa imaginar tornou-se perceptível. O Rei segurou seu leque, cobrindo o rosto, virou de costas, cuspiu e disse:

– Pobre de mim, não consigo suportar esta aqui, mandem-na embora.

E assim, ela escapou ilesa.

Foi assim que aconteceu: ela sabia que estava prestes a ser chamada a qualquer momento e, por isso, planejou uma artimanha por meio da qual poderia escapar. Havia dois pedaços de carne que ela mantinha sempre à mão, apodrecidos e fétidos, mas sempre prontos. Ela colocou-os embaixo dos braços enquanto se vestia e foi em direção ao palácio, providenciando esse odor horrível e inexplicável.

Todos que souberam disso elogiaram sua bravura e sagacidade.

O Governador encaixotado

Uma
certa
autoridade
literária foi Gover-
nador da cidade de
Gyeongju. Sempre que visi-
tava o Prefeito desse lugar, tinha
o hábito de, ao ver as dançarinas, bater
na cabeça delas com seu cachimbo e dizer:
— Essas raparigas são demônios, ogros,
duendes. Como podem tolerá-las em sua presença?
Naturalmente, aqueles que ouviam isso o detestavam,
e o próprio Prefeito odiava o comportamento e as manias dele.
Ele enviou uma mensagem secreta para as dançarinas, dizendo:

Se alguma de vocês, por quaisquer meios que forem, conseguir enganar esse Governador e envergonhá-lo em público, irei recompensá-la muito ricamente.

Entre elas, havia uma garota – uma mera criança – que disse que podia fazer isso.

O Governador residia no bairro da cidade onde ficava o templo de Confúcio e tinha apenas um servo com ele, um jovem rapaz. A dançarina que decidiu ludibriá-lo, vestida como uma mulher comum da cidade, costumava passar com frequência pela porta principal do templo e, chegando lá, chamava o garoto do Governador. Algumas vezes, mostrava seu perfil; outras vezes, mostrava todo o corpo, tal como ficava na porta de entrada. O garoto ia até ela, eles conversavam por um ou dois minutos e depois iam embora. Ela vinha ora uma vez por dia, ora duas, e assim continuou por muito tempo. O Governador perguntou enfim ao garoto quem era essa mulher que vinha chamá-lo com tanta frequência.

— Ela é minha irmã – disse o rapaz. – O marido dela partiu com um grupo de mascates há mais ou menos um ano e ainda não voltou; consequentemente, ela não tem mais ninguém que a ajude, então me chama e conversa comigo com frequência.

Uma noite, quando o menino tinha ido comer sua refeição, e o Governador estava sozinho, a mulher chegou à porta principal e chamou pelo garoto.

Sua Excelência respondeu por ele e a convidou para entrar. Quando ela entrou, ficou vermelha e demonstrou-se muito tímida, guardando uma distância modesta.

— Meu garoto está ausente agora, mas quero fumar; vá buscar fogo para o meu cachimbo, faça essa gentileza, por favor – disse o Governador.

Ela trouxe o acendedor, e ele disse em sequência:

— Sente-se também e fume um pouco, o que acha?

— Como eu poderia me atrever a fazer tal coisa? – respondeu ela.

— Não há mais ninguém aqui agora; não faz mal – disse ele.

Sem escapatória, ela fez o que ele pediu e fumou um pouco. Ele sentiu seu coração subitamente se inclinar a favor dela e disse:

— Já vi mulheres muito lindas, mas penso certamente que você é a mais bela de todas. Assim que a vi, esqueci-me totalmente de como comer ou dormir. Não gostaria de vir ficar comigo e morar aqui? Estou completamente sozinho, e ninguém vai saber.

Ela fingiu estar muito escandalizada.

— Vossa Excelência é um nobre, e eu sou uma mulher de classe baixa; como podeis pensar em uma coisa dessas? Estais fazendo disso uma piada?

— Estou falando sério, sem brincadeiras – respondeu ele.

Depois, fez um juramento, dizendo:

— Realmente falo sério, palavra por palavra.

— Já que fala assim, estou realmente muito grata e virei para cá – respondeu ela então.

— Encontrá-la assim é realmente maravilhoso – disse ele.

— Há outro assunto, no entanto, para o qual gostaria de chamar vossa atenção. Sei que o local onde Vossa Excelência está ficando é muito sagrado e, de acordo com a antiga lei, os homens são proibidos de trazer mulheres para cá. Isso é verdade?

O Governador bateu no ombro dela e disse:

— Bem, assunto sério, como é que você sabe disso? Está certa. O que faremos?

— Se você confiar em mim, eu tenho um plano. Minha casa é aqui perto, e eu também estou sozinha, então, se vier de modo inconspícuo até mim durante a noite, poderemos nos encontrar e ninguém vai saber. Mandarei um chapéu de feltro pelo garoto e você pode usá-lo como um disfarce. Com esse chapéu de feltro de plebeu, ninguém o reconhecerá.

O Governador ficou muito satisfeito e disse:

— Como é que você consegue fazer planos tão maravilhosos? Farei o que você sugere. Agora, não se esqueça de estar disponível — ele repetiu isso duas ou três vezes.

A mulher seguiu e entrou na casa indicada. Quando veio a noite, enviou o chapéu por meio do garoto. O Governador chegou conforme o combinado, e ela o recebeu, acendeu a lamparina e trouxe-lhe comes e bebes. Conversaram e beberam juntos, até que ele a chamou para perto de si. A mulher hesitou por um momento, quando de repente ouviram alguém chamando do lado de fora, e uma grande confusão teve início. Ela inclinou a cabeça para ouvir e então deu um grito de alarde, dizendo:

— Essa é a voz do meu marido, que acaba de chegar. Fui infeliz, bem como esse pobre coitado que partilhou da minha sorte. Ele é o mais detestável entre os mortais. Em matéria de homicídio e crime de incêndio, não há ninguém que se compare a ele. Três anos atrás, ele me deixou, e eu arranjei outro marido, e não tivemos nada um com o outro desde então. Não consigo imaginar por que ele está de volta. Está evidentemente muito bêbado também, pelo tom da sua voz. Vossa Excelência realmente se encontra em uma terrível enrascada. O que faremos?

A mulher saiu então e respondeu o chamado, dizendo:

— Quem vem lá à meia-noite para causar tanta perturbação?

— Não conhece minha voz? Por que não abre a porta? — a voz respondeu.

— Você não é *Chol-lo* (O Tigre de Bronze)? Não nos separamos para sempre, anos atrás? Por que veio até aqui?

— Você me deixar e arrumar outro homem sempre foi um problema de profundo ressentimento da minha parte; tenho algo especial para lhe dizer – disse em resposta a voz do lado externo, que abriu a porta e entrou trovejando.

A mulher correu de volta para a sala, dizendo:

– Vossa Excelência deve escapar de alguma maneira.

Em uma cabana de sapé tão pequena, não havia lugar para se esconder, exceto em uma caixa de arroz vazia.

– Por favor, entre aqui! – disse ela, erguendo a tampa enquanto ele passava apressado.

O Governador, com pressa e de roupas íntimas, foi empacotado na caixa. Em seguida, ouviu do lado de dentro o sujeito entrar na sala e brigar com sua mulher.

– Já estamos separados há três anos; por qual motivo você chega agora e faz tamanho estardalhaço? – perguntou ela.

– Você me rejeitou e arrumou outro homem, então voltei pelas roupas que deixei aqui e pelas outras coisas que me pertencem.

Ela jogou então os pertences na direção dele, mas ele disse, apontando para a caixa:

– Isto é meu.

– Isso não é seu; eu mesma comprei com dois rolos de produtos de seda – respondeu ela.

– Mas – disse ele – um desses rolos fui eu quem lhe deu, e não vou deixar você ficar com a caixa.

– Ainda que você tenha me dado, quer dizer que por um rolo de seda você vai levar essa caixa? Não vou permitir.

Assim eles brigaram, contrariando um ao outro.

– Se você não me der a caixa – disse ele –, vou entrar na justiça contra você na prefeitura.

Um pouco depois, o dia amanheceu, e o homem levou a caixa para a prefeitura, para que o caso fosse decidido pela lei, enquanto a mulher o seguia. Quando entraram no tribunal, o Prefeito já estava sentado no local do julgamento, e eles apresentaram ali a queixa em relação à caixa.

O Prefeito, depois de escutar, decidiu assim:

– Já que cada um de vocês tem meia-participação na compra, não me resta fazer nada senão dividi-la entre vocês. Tragam um serrote. – disse ele.

Os servos trouxeram o serrote e começaram a cortar a caixa, quando de repente, das regiões internas, saiu um grito:

— Salvem-me, oh, salvem-me!

— Ora, há uma voz de homem vindo de dentro – disse o Prefeito, fingindo espanto e ordenando que a caixa fosse aberta.

Os servos conseguiram encontrar a chave e, finalmente, a tampa foi aberta, e do seu interior saiu um homem seminu.

Ao vê-lo, todo o ambiente caiu na gargalhada, pois ele era ninguém mais ninguém menos que o Governador.

— Como é que Vossa Excelência se encontra nesta caixa dessa forma tão inexplicável? – perguntou o Prefeito. – Saia, por favor.

O Governador, recompondo-se o melhor que pôde, subiu para a varanda aberta. Ele abaixou a cabeça e quase morreu de vergonha.

O Prefeito, rindo de orelha a orelha, mandou trazerem roupas, e a primeira coisa que veio foi um longo casaco feminino de cor verde. O Governador rapidamente o virou do avesso, colocou-o de qualquer jeito e correu para os seus aposentos no templo de Confúcio. Naquele mesmo dia, deixou o lugar para nunca mais voltar e, até os dias de hoje, em Gyeongju, as pessoas riem e contam a história do Governador encaixotado.

*O homem
que perdeu
as pernas*

Havia
um comer-
ciante em Cheon-
gju que costumava ir
à Ilha de Jeju comprar alga
marinha. Certa vez, ao aproximar-se da costa, viu um homem
arrastando-se pela terra na direção do
barco. Ele rastejou para mais perto e, por fim,
segurou a lateral do barco com as duas mãos e
saltou para dentro.

Quando o comerciante olhou para ele, descobriu que era um velho sem as duas pernas. Espantado, perguntou-lhe:

– Como é que o senhor perdeu as pernas?

– Perdi minhas pernas em uma viagem uma vez, quando naufraguei, e um grande peixe mordeu-as até arrancá-las – disse ele em resposta.

– Como foi que isso aconteceu? – questionou o comerciante.

E o velho disse:

– Fomos pegos por um vendaval e conduzidos até uma ilha desconhecida. Diante de nós, na costa, havia um castelo alto com um grande portão. Eu e cerca de vinte tripulantes, que estávamos juntos no barco sacudido pela tempestade, estávamos todos exaustos por conta do frio e da fome e deitados completamente expostos. Desembarcamos e conseguimos ir juntos até a propriedade. Havia nela apenas um homem, cuja altura era terrível de encarar, e cujo peito tinha muitos palmos de circunferência. Seu rosto era sombrio; e seus olhos, grandes e contínuos. Sua voz era como o relinchar de um jumento monstruoso. Nosso pessoal fez gestos mostrando que queria algo para comer. O homem não deu resposta, mas trancou o portão da frente de modo seguro. Depois disso, trouxe uma braçada de lenha, colocou-a no meio do jardim e fez uma fogueira. Quando o fogo acendeu, ele correu até nós e raptou um jovem rapaz (um de nossa companhia), cozinhou-o diante dos nossos olhos, partiu-o em pedaços e comeu-o. Ficamos todos reduzidos a um estado de choque, sem saber o que fazer. Olhamos uns para os outros em desespero e estupefação.

"Quando já estava satisfeito, subiu até uma varanda e abriu uma jarra, da qual bebeu algum tipo de aguardente. Depois de beber, emitiu os ruídos mais macabros e terríveis; seu rosto ficou muito vermelho, e ele deitou-se para dormir. Seus roncos eram como os rugidos do trovão. Planejamos então a nossa fuga e assim tentamos abrir o grande portão, mas uma das tábuas dele tinha cerca de sete metros de largura e era tão grossa e pesada que, mesmo com todas as nossas forças combinadas, não conseguimos movê-la. As paredes, da mesma forma, tinham quarenta e cinco metros de altura, e por isso não podíamos fazer nada com elas. Éramos como peixes em uma panela: sem qualquer possibilidade de fuga. Demos as mãos uns aos outros e choramos.

"Entre nós, um homem pensou no seguinte plano: nós tínhamos uma faca, e ele a pegou e, enquanto o monstro estava bêbado e dormindo, decidiu esfaquear seus olhos e cortar sua garganta. Dissemos em resposta: 'Estamos todos condenados a morrer mesmo; vamos tentar'. Abrimos caminho até a varanda e furamos os olhos dele. Ele deu um rugido terrível e golpeou por todos os lados para nos pegar. Corremos para lá e para cá, conseguindo escapar do pátio e voltar ao jardim dos fundos. Havia nesse recinto porcos e ovelhas, cerca de sessenta deles ao todo. Corremos para lá, em meio aos animais. Ele cambaleou, movendo os dois braços, procurando por nós, mas não conseguiu pegar ninguém; estávamos todos misturados – ovelhas, porcos e pessoas. Quando ele pegava alguma coisa, era uma ovelha; e quando não era uma ovelha, era um porco. Assim, ele abriu o portão da frente para mandar todos os animais para fora.

"Cada um de nós pegou então um porco ou uma ovelha nas costas e foi direto para o portão. O monstro sentiu cada animal e, encontrando um porco ou uma ovelha, deixava-o passar. Assim, todos nós conseguimos sair e corremos para o barco. Um pouco depois, ele veio sentar-se à beira-mar e rugiu suas ameaças em nossa direção. Muitos outros gigantes atenderam ao seu chamado. Eles deram passos de cerca de nove metros, vieram correndo atrás de nós e pegaram o barco; tudo isso muito rapidamente.

Mas nós pegamos machados e batemos nas mãos que seguravam o barco e, assim, finalmente nos libertamos e zarpamos para o mar aberto.

"Novamente, veio um grande vento, e fomos arremessados em direção às rochas, todos destruídos. Cada um foi engolido pelo mar e se afogou; apenas eu segurei em um pedaço de madeira de barco e sobrevivi. Depois, veio um peixe horrível do mar que nadou em minha direção e arrancou minhas pernas. Finalmente, voltei para casa à deriva, e aqui estou eu.

"Quando ainda penso nisso, meus dentes ficam frios e meus ossos estremecem. Minhas Oito Estrelas da Sorte são muito ruins, é por esse motivo que isso aconteceu comigo."

Dez mil demônios

Han
Chun-kyom
era o filho de um
secretário de província.
Matriculou-se na universidade
no ano de 1579 e formou-se em 1586.
Recebeu os últimos desejos do Rei Seon-jo
e sentou-se ao seu lado, fazendo anotações por
sete horas. De 1608 a 1623, foi Generalíssimo
do exército e, depois, ascendeu à posição de
Príncipe.

Um certo
Príncipe Han da
província de Chung-
cheong tinha um parente
distante que era um rude camponês
vivendo em extrema pobreza. Esse parente
vinha visitá-lo de tempos em tempos. Han apie-
dava-se de sua condição fria e faminta, dava-lhe roupas
para vestir e compartilhava sua comida, pedindo-lhe para ficar
e prolongar sua visita com frequência por vários meses. Sentia-se mal
por ele, mas não gostava de sua grosseria e estupidez.

Em uma dessas visitas, o parente pobre anunciou de súbito sua intenção de voltar para casa, embora a época de Ano-Novo estivesse perto. Han disse-lhe que ficasse:

— É melhor você ficar hospedado confortavelmente em minha casa, comendo bolo, tomando sopa e desfrutando de um sono tranquilo em vez de cavalgar em meio ao vento e ao clima desta estação do ano.

A princípio, ele disse que tinha mesmo que ir embora, até que seu anfitrião insistiu tanto para ele ficar que, por fim, cedeu e consentiu. Na véspera de Ano-Novo, ele comentou com o Príncipe Han:

— Eu sou o detentor de uma espécie peculiar de magia, por meio da qual tenho sob meu comando todo tipo de *genii* maligno, e o Ano-Novo é a época na qual os convoco, listo os seus nomes e os inspeciono. Se eu não o fizesse, perderia todo o controle e haveria problemas sem fim entre os mortais. Não é uma questão rápida, e é por isso que eu queria ir embora. Já que, no entanto, você me detém, terei de conjurá-los na casa de Vossa Excelência e dar uma olhada neles. Espero que não se oponha.

Han ficou muito espantado e alarmado, mas deu seu consentimento. O parente pobre acrescentou ainda:

— Esta é uma questão extremamente importante e, para tanto, gostaria de ter acesso ao seu salão central de hóspedes.

Han também autorizou isso, de modo que, à noite, eles lavaram o piso e esfregaram-no até ficar limpo. O parente também se sentou com toda a dignidade encarando o sul, enquanto o Príncipe Han ocupou seu posto do lado de fora, pronto para espiar. Logo, viu uma variedade assustadora de demônios esmagando a porta, de aparência horrível e modos impressionantes. Eles fizeram uma fila um atrás do outro, e mais outro, e mais outro, até lotarem todo o pátio, cada um se curvando quando chegava perante o mestre, o qual, a esta altura, sacou um livro, abriu-o diante de si e começou a chamar os nomes. Guardas demoníacos que estavam perto dos umbrais repetiam a chamada e checavam os nomes, exatamente como se faz em um escritório governamental. Da segunda vigília, eles foram até às cinco da manhã. Han comentou:

— Ele realmente não estava mentindo quando me disse "dez mil demônios".

Um retardatário chegou depois que a identificação já tinha acabado, e mais outro veio escalando o muro. O homem ordenou que fossem detidos e fez um inquérito com eles usando um remo. O atrasado disse:

— Eu realmente tenho tido dificuldades para viver nos últimos tempos e, por conta disso, fui obrigado, a fim de encontrar alguma coisa, a injetar varíola na casa de um estudioso que mora em Yeongnam. É muito longe, por isso cheguei tarde demais para a chamada; uma falha tremenda, confesso.

Aquele que escalou o muro disse:

— Eu também conheci a carência e a fome, então tive que inserir um pouco de febre tifóide na família de um cavalheiro que vive em Gyeonggi, mas, ao saber que a chamada estava prevista, vim desordenadamente com medo de chegar muito tarde e, por isso, pulei o muro, o que de fato foi um pecado.

O homem então, em voz alta, repreendeu-os profundamente, dizendo:

— Esses demônios desobedeceram minhas ordens, causaram doenças e pecaram gravemente. E o pior de tudo: escalaram o muro da casa de um alto oficial.

Mandou dar-lhes cem golpes com o remo – o *cangue* a ser pago – e colocou-os rapidamente na prisão. Depois, chamando os outros para si, disse:

– Não espalhem doenças! Entenderam?

Três vezes ordenou e cinco vezes repetiu. Em seguida, todos foram dispensados. A multidão de demônios desalinhou-se diante dele, partindo e esmagando-se pelo portão com um barulho e uma confusão sem fim. Após um longo tempo, todos finalmente desapareceram.

O Príncipe Han, olhando em volta durante esse tempo, viu o homem agora sentado sozinho no corredor. Tudo estava quieto, e todos sumiram. Os galos cantaram, e veio a manhã. Han ficou espantado para além da conta e perguntou sobre as leis que governavam um trabalho como esse. O parente pobre respondeu:

– Quando eu era jovem, estudei em um mosteiro nas montanhas. Nesse mosteiro, havia um velho sacerdote que tinha um semblante muito peculiar. Ele parecia débil e pronto para morrer. Todos os sacerdotes zombavam dele e o tratavam com desprezo. Somente eu tinha pena da idade dele e, frequentemente, dava-lhe da minha comida. Sempre o tratei com gentileza. Uma noite, quando a lua estava brilhante, o velho sacerdote disse para mim: "Há uma caverna atrás deste mosteiro, onde se pode ter uma bela vista; não gostaria de vir comigo e compartilhá-la?". Eu fui com ele e, quando atravessamos o cume das colinas na calmaria da noite, ele sacou um livro de seu peito e deu para mim, dizendo: "Eu, que estou velho e pronto para morrer, tenho aqui um grande segredo, que há muito desejo passar adiante para alguém digno. Eu viajei por toda a extensão da Coreia e nunca encontrei um homem assim até conhecê-lo agora, e meu coração está satisfeito, então, por favor, fique com ele." Eu abri o livro e encontrei uma lista catalogada de demônios, com escrita mágica intercalada e uma explicação acerca das leis que governam o mundo dos espíritos. O velho sacerdote escreveu uma receita mágica e, ao queimá-la, incontáveis demônios se reuniram de uma só vez, e eu fiquei extremamente alarmado. Depois, ele se sentou comigo e chamou os nomes um após o outro, dizendo aos demônios: "Já sou um homem velho, estou indo embora e colocarei vocês sob os cuidados desse jovem rapaz; obedeçam-no, e tudo ficará bem." Eu já tinha o livro em mãos, então os chamei para mim, li as novas ordens e os dispensei. O velho sacerdote e eu voltamos para o templo e fomos dormir. Acordei cedo na manhã seguinte e fui chamá-lo, mas ele partira. Assim, tomei posse da arte mágica e já a tenho por anos a fio. Aquilo de que o mundo nada sabe, assim, dei a conhecer à Vossa Excelência.

Han ficou espantado para além da conta e perguntou:

– Eu não poderia obter também a posse desse maravilhoso presente?

– Vossa Excelência tem grande habilidade e pode fazer coisas maravilhosas; mas o detentor deste ofício deve ser pobre e menosprezado, sem importância. Para você, um Ministro, jamais seria possível.

No dia seguinte, ele partiu inesperadamente e não voltou mais. Han enviou um servo com uma mensagem para ele. O servo, com grande dificuldade, encontrou-o, enfim, sozinho entre mil picos de montanhas, vivendo em uma pequena cabana de palha do tamanho de um berbigão. Não havia vizinhos lá, nem ninguém por perto. O servo chamou-o, mas ele recusou-se a vir. Enviou outra mensagem convidando-o, mas ele afastou-se e nenhum vestígio dele permaneceu.

Os filhos do Príncipe Han ouviram essa história do próprio pai, e eu, o escritor, coletei-a deles.

*O lar
dos genii*

Nos dias do Rei Injo (1623-1649), havia um estudante de Confúcio que vivia em Gapyeong. Ele ainda era um homem jovem e solteiro. A sua educação não fora extensa, pois ele apenas lera um pouco de história e literatura. Por esta ou aquela razão, deixou seu lar e foi para a Província de Gangwon. Viajando a cavalo com um servo, chegou a uma montanha, onde foi tomado pela chuva, que o encharcou. Por alguma causa desconhecida, seu servo morreu de repente, e o homem, com medo e angústia, puxou o corpo dele para o lado da colina, onde o deixou e seguiu seu caminho chorando. Após percorrer uma curta distância, o cavalo que montava caiu embaixo dele e também morreu. Tal era a sua situação: seu servo morrera, seu cavalo morrera, a chuva estava caindo forte e a estrada era desconhecida. Ele não sabia o que fazer ou para onde ir; assim, podendo apenas caminhar, desmoronou e chorou. A esta altura, encontrou um velho com olhos muito maravilhosos e cabelos brancos como a neve. Ele perguntou ao rapaz por que ele chorava, e a resposta foi que seu servo estava morto, seu cavalo estava morto, estava chovendo, e ele não conhecia o caminho. O patriarca, ao ouvir isso, apiedou-se dele e, erguendo seu cajado, apontou, dizendo:

– Há uma casa naquela direção, logo além desses pinheiros; siga o riacho, que ele o levará para onde há pessoas.

O jovem olhou como fora direcionado e, cerca de um *li* adiante, viu um amontoado de árvores. Fez uma reverência, agradeceu ao estranho e começou o seu trajeto. Depois de dar alguns passos, olhou para trás, mas o amigo desaparecera. Muito admirado, dirigiu-se ao local indicado e, ao se aproximar, viu um bosque de pinheiros – árvores verdadeiramente grandes, uma floresta cheia delas. Bambus também apareceram em números incontáveis, com uma grande corrente de água fluindo por ali. Embaixo d'água, parecia haver um piso de mármore como um grande pavimento, branco e puro. Conforme seguiu adiante, viu que toda a água tinha a mesma profundidade, que se poderia cruzar facilmente. Cerca de um quilômetro e meio adiante, avistou uma casa lindamente decorada. As colunas e as vias de entrada eram perfeitas em sua forma. Ele continuou seu caminho, molhado como estava, carregando seu cajado de espinhos. Entrou pelo portão e sentou-se para descansar. Ali também era pavimentado com mármore, liso como vidro polido. Não havia fendas ou rachaduras, tudo era de uma superfície perfeita. Na sala, tinha uma mesa de mármore e, sobre ela, uma cópia do *Livro das mutações*; existia também um braseiro de jade logo em frente. Havia incenso queimando nele, e a fragrância enchia o ambiente. Tirando isso, nada mais era visível. A chuva cessara e tudo estava quieto e límpido, sem vento nem nada que pudesse perturbar. O mundo de confusão parecia ter se afastado dele.

Enquanto estava sentado ali, olhando impressionado, ouviu de repente o som de passos vindos da parte de trás do edifício. Assustado, virou-se para ver, quando um velho apareceu. Ele aparentava igualar a tartaruga ou a garça em idade e era muito digno. Usava um vestido verde e carregava um bastão de jade de nove seções. A aparência do velho era capaz de atordoar qualquer habitante da terra. O forasteiro reconheceu-o como o mestre do lugar e, então, deu um passo adiante e fez uma reverência solene.

O velho recebeu-o gentilmente, dizendo:

– Eu sou o mestre e tenho esperado muito por você.

Pegou-o pela mão e levou-o para longe. À medida que avançavam, as colinas foram ficando mais e mais encantadoras, enquanto as brisas suaves e a luz o tocavam com um favorecimento místico. De repente, enquanto olhava essas coisas, o homem desapareceu, e ele seguiu adiante por si só, chegando rápido a outro palácio construído da mesma forma, com pedras preciosas. Era um grande salão, estendendo-se até onde a vista alcançava.

O jovem já tinha visto o Palácio Real muitas vezes quando estava em Seul fazendo exames, mas, comparado a esse novo, o outro era como uma cabana de barro coberta de palha.

Ao chegar ao portão, um homem com vestes cerimoniais recebeu-o e conduziu-o para dentro. Ele passou por dois ou três pavilhões e finalmente chegou a um cômodo especial e subiu para o andar superior. Lá, reclinado em uma mesa, viu o antigo sábio que havia conhecido anteriormente. Mais uma vez, fez uma reverência.

Esse jovem rapaz, de criação pobre no campo, nunca esteve habituado a ver ou a lidar com os grandes. Temeroso, não se atreveu a erguer os olhos. O antigo mestre, no entanto, novamente lhe deu as boas-vindas e pediu-lhe que se sentasse, dizendo:

– Este não é o mundo velho com o qual você está acostumado, mas sim a morada dos *genii*. Eu sabia que você viria, então estava esperando para recebê-lo.

Ele virou-se e chamou, dizendo:

– Tragam algo para o convidado comer.

Em pouco tempo, um servo trouxe uma mesa ricamente farta. Era um cardápio como nunca antes visto na Terra, e havia abundância nele. O jovem, faminto como estava, comeu com vontade essas iguarias desconhecidas. Depois, os pratos foram levados, e o velho disse:

– Eu tenho uma filha que acabou de atingir a idade de casar-se, e estou tentando encontrar um genro, mas ainda não consegui. A sua chegada está de acordo com essa necessidade. Viva aqui, então, e torne-se meu genro.

O jovem, sem saber o que pensar, curvou-se e ficou em silêncio. Em seguida, o anfitrião virou-se e deu uma ordem, dizendo:

– Chamem as crianças para dentro.

Dois garotos de cerca de doze ou treze anos de idade vieram correndo e sentaram-se ao lado dele. Seus rostos eram tão lindamente brancos que pareciam joias. O mestre apontou para eles e disse ao convidado:

– Estes são meus filhos.

E aos filhos ele disse:

– Este jovem rapaz é aquele que eu escolhi como meu genro; quando devemos providenciar o casamento? Escolham um dia de sorte e me avisem.

Os dois meninos contaram os dias com os dedos e, depois, disseram juntos:

— Depois de amanhã é um dia de sorte.

O velho, virando-se para o estrangeiro, disse:

— Está decidido quanto ao casamento. Agora, você deve aguardar no quarto de hóspedes até a hora chegar.

Depois, ordenou chamar fulano e sicrano. Em pouco tempo, uma autoridade dos *genii* apresentou-se, com vestes suaves e airosas. Sua aparência e sua expressão eram muito belas; parecia ele um homem de aspecto alegre e contente.

O mestre disse:

— Mostre a este jovem o caminho para os seus aposentos e trate-o bem até a hora do casamento.

O oficial, então, mostrou o caminho, e o jovem fez uma reverência ao sair da sala. Quando passou para o lado de fora do portão, uma liteira vermelha estava esperando por ele. Pediram-lhe que subisse. Oito carregadores levaram-no com harmonia. Cerca de um quilômetro e meio depois, chegaram a outro palácio, igualmente magnífico, sem qualquer mancha ou falha que pudesse macular sua beleza. Por graciosos bosques com flores e árvores, ele desceu para entrar em seu pavilhão. Extraíram lindas roupas de caixas cheias de joias e deram-lhe um banho perfumado, fazendo uma transformação completa. Assim, ele deixou de lado suas roupas gastas pelo tempo e passou a usar as vestimentas dos *genii*. O oficial continuou fazendo companhia a ele até a hora designada.

Quando esse dia chegou, trouxeram outras lindas túnicas, e ele novamente tomou banho e trocou de roupa. Quando estava vestido, subiu na liteira e seguiu para o palácio do mestre, com cerca de vinte encarregados o acompanhando. Ao chegar, um guia os direcionou para o especial Palácio da Beleza. Ali viu as preparações para o casamento e fez sua reverência. Terminado isso, moveu-se, conforme as instruções, mais para dentro. O tilintar dos sinos de jade e o aroma de perfumes doces encheram o ar. Assim, ele fez sua entrada triunfal nos aposentos internos.

Muitas mulheres lindas estavam à espera, todas magnificamente vestidas como as mulheres dos deuses. Entre elas, imaginou que deveria encontrar a filha do mestre. Em pouco tempo, acompanhada por uma multidão de outras mulheres, ela apareceu, brilhando com joias e roupas lindas, de tal modo que iluminavam o palácio. Ele posicionou-se diante dela, embora a sua face estivesse escondida dele por um leque de pérolas. Quando finalmente a viu, percebeu ser tão linda, que seus olhos ficaram atônitos. Comparadas a ela, as outras mulheres eram como a gralha perante a fênix. Estava tão perplexo, que não se atrevia a olhar para cima. O amigo que o acompanhava insistiu para que ele fizesse uma reverência e seguisse as formalidades necessárias. A cerimônia foi praticamente a mesma que os homens seguem. Quando terminou, o jovem voltou para os aposentos do noivo. Lá, as cortinas bordadas, as telas douradas, as roupas de seda, o chão feito de joias, tudo era como nenhum homem da Terra jamais vira.

No segundo dia, sua sogra o chamou. Sua idade seria próxima dos trinta e seu rosto era como uma flor de lótus recém-desabrochada. Aqui, um grande banquete foi propagado, com muitos convidados. Os acompanhamentos musicais eram mais doces do que os mortais poderiam sonhar. Quando terminou o banquete, as mulheres ergueram suas saias e, arregaçando as mangas, dançaram juntas e cantaram em doce harmonia. O som de sua cantoria fez com que até mesmo as nuvens parassem para ouvir. Quando o dia chegou ao fim e todos haviam jantado bem, a festa acabou.

Um mero jovem, criado em uma cabana na zona rural, de repente encontrou-se com o chefe dos *genii* e partilhou de sua glória e dos acompanhamentos de sua vida. Sua mente estava atordoada, e seus pensamentos dominaram-no. Dúvidas misturavam-se a medos. Ele não sabia o que fazer.

Um partícipe das alegrias das criaturas mágicas era o que ele de fato se tornara, e um ano ou mais ele passou em tal deleite, o qual palavras simplesmente não podem descrever.

Certo dia, sua esposa disse a ele:

– Gostaria de entrar no recinto interior e ver como as criaturas mágicas veem?

– Com todo o prazer – respondeu ele.

Ela o levou então para um parque especial onde havia caminhos adoráveis, rodeados de colinas verdes. À medida que avançavam, surgiam vistas encantadoras, com nascentes de água e cascatas cintilantes. O cenário foi ficando mais e mais extasiante, com flores e ramalhetes rútilos cheios de joias, pássaros adoráveis e animais se divertindo. Um homem que entrasse ali jamais pensaria em voltar novamente para a Terra.

Após ver isso, ele subiu no pico mais alto de todos, que era como uma torre de muitos andares. Diante dele, havia um grande trecho do mar, com ilhas dos bem-aventurados saindo da água e longas extensões de terra agradável à vista. Sua esposa mostrou tudo para ele, apontando isso e aquilo. Os lugares pareciam cheios de palácios dourados e cercados por um halo de luz. Eram povoados de almas felizes, algumas montando em garças; outras, na fênix ou no unicórnio; algumas estavam sentadas nas nuvens; outras, navegando pelo vento; algumas estavam caminhando pelo ar; outras, deslizando suavemente pelos riachos; algumas estavam descendo do céu; outras, subindo; algumas moviam-se para o oeste; outras, para o norte; algumas, enfim, reuniam-se em grupos; outras estavam sozinhas. Flautas e harpas soavam docemente. Tão variadas e surpreendentes foram as coisas vistas que ele jamais poderia contar a história delas. Quando o dia terminou, eles voltaram.

Assim, a alegria deles permaneceu inabalável e, quando dois anos se passaram, ela deu a ele dois filhos.

O tempo passou, até que um dia, inesperadamente, enquanto estava sentado com sua esposa, o jovem começou a chorar, e suas lágrimas mancharam o seu rosto. A moça perguntou com espanto o que o fazia chorar.

– Estava pensando – disse ele – em como um simples camponês vivendo na pobreza veio a se tornar o genro do Rei dos *genii*. Mas na minha casa está a minha pobre e velha mãe, a quem não vejo por todos esses anos; gostaria tanto de vê-la, que não pude conter as lágrimas.

A esposa riu e disse:

– Você realmente gostaria de vê-la? Então vá, mas não chore.

Ela disse ao pai que o marido gostaria de ver a mãe dele. O mestre chamou-o e deu a sua permissão. O filho pensou, é claro, que ele convocaria muitos servos e o enviaria em uma comitiva, mas não foi assim. Sua esposa deu-lhe uma pequena trouxa, e isso era tudo; então, ele disse adeus ao seu sogro, cujas palavras de despedida foram:

– Vá agora e veja sua mãe, pois muito em breve irei chamá-lo de novo.

Ele enviou um servo para acompanhá-lo, e assim o rapaz passou pelo portão principal. Lá, avistou um pobre pangaré com um trapo em suas costas servindo de sela. Olhou cuidadosamente e descobriu que esses dois eram o cavalo morto e o servo morto que ele perdera e que, agora, eram-lhe restaurados. Teve um sobressalto e perguntou:

— Como vieram parar aqui?

— Eu estava andando com você pela estrada quando alguém me pegou e me trouxe pra cá. Não sei o motivo, mas já estou aqui há um bom tempo — respondeu o servo.

O homem, com muito medo, prendeu sua trouxa e deu início à viagem. O criado do *genii* ficou na retaguarda, mas, após uma curta distância, o mundo das maravilhas transformou-se no velho mundo fastidioso de antes. Aqui estava ele com seus espinhos, brumas e abismos. O rapaz direcionou seu olhar para o mundo dos *genii*, mas este era apenas um sonho. Tão dominado pelos sentimentos ficou, que se debulhou em lágrimas.

O servo do *genii* disse-lhe quando o viu chorando:

— Você esteve por vários anos na morada dos imortais, mas ainda não a alcançou, pois não esqueceu as seis coisas da Terra: raiva, tristeza, medo, ambição, ódio e egoísmo. Assim que se livrar delas, não restarão lágrimas para você.

Ao ouvir isso, parou de chorar, enxugou as lágrimas e pediu perdão.

Depois de andar um quilômetro e meio, encontrou-se na estrada principal. O servo disse a ele:

— Você conhece o caminho a partir daqui, então voltarei.

E assim, finalmente, o jovem chegou a sua casa.

Encontrou por lá uma cerimônia de exorcismo em andamento. Bruxas e adoradores de espíritos foram chamados e estavam fazendo suas preces. A família, vendo o jovem voltar para casa daquele jeito, ficou totalmente consternada.

— É um fantasma! – disseram.

Contudo, viram dentro em pouco que era ele mesmo. A mãe perguntou por que ele não voltara para casa durante todo esse tempo. Sendo ela uma mulher de temperamento muito violento, ele não se atreveu a dizer a verdade, então inventou uma desculpa. O dia de seu retorno foi o aniversário de sua suposta morte e, por isso, chamaram as bruxas para uma cerimônia de oração. Aqui, ele abriu a trouxa que sua mulher lhe dera e encontrou quatro conjuntos de roupa, um para cada estação.

Cerca de um ano após a sua volta ao lar, a mãe, vendo-o sozinho, arranjou-lhe um casamento com a filha de um dos literatos da aldeia.

O homem, tímido por natureza e com medo de ofender sua mãe, não se atreveu a recusar e, portanto, casou-se; mas não havia alegria nesse casamento, e os dois nunca se olhavam.

O jovem tinha um camarada a quem conhecia intimamente desde a infância. Após seu retorno, o amigo vinha vê-lo com frequência, e os dois costumavam passar as noites conversando. Em suas conversas, o amigo perguntou por que, em todos esses anos, ele nunca voltara para casa. O jovem disse-lhe o que acontecera com ele na terra dos *genii* e como ele estivera lá e casara-se. O amigo olhou para ele maravilhado, pois era exatamente como se lembrava dele, com exceção das roupas. Após examiná-las, percebeu que eram feitas de um material muito estranho, nem pano de relva, nem seda e nem algodão, mas sim algo diferente de tudo isso e, ainda assim, aconchegante e confortável. Quando a primavera chegou, as roupas primaveris bastaram, e o mesmo se deu com o verão, o outono e o inverno – cada um com seu traje especial. As roupas nunca eram lavadas, mas também nunca chegavam a ficar sujas; nunca se desgastavam e pareciam sempre frescas e novas. O amigo ficou muito espantado.

Passaram-se cerca de três anos, até que um dia um servo do mestre dos *genii* veio mais uma vez, trazendo os dois filhos do jovem. Também havia cartas, dizendo:

> **Ano que vem, o lugar que você habita será destruído, e todas as pessoas se tornarão "peixe e carne" para o inimigo; logo, sigam este mensageiro e venham, todos vocês.**

Ele contou isso ao seu amigo e mostrou-lhe seus dois filhos. O amigo, ao ver essas crianças que pareciam seda e jade, confidenciou o assunto também para a mãe. Ela, igualmente, concordou de bom grado, e então eles venderam a casa e deram um grande banquete para todas as pessoas da cidade; depois, despediram-se. Era o ano de 1635. Eles partiram, e nunca mais se ouviu falar deles.

No ano seguinte, ocorreu a invasão Manchu, quando a aldeia onde o jovem vivia foi totalmente destruída. Até os dias de hoje, jovens e velhos em Gapyeong contam esta história.

A mudang honesta

Song
Sang-In
matriculou-se
na universidade em
1601. Era um homem justo
e temido pela banda desonesta
da Corte. Em 1605, formou-se e virou
um Governador provincial. Quase perdeu
a vida nas agitações do reinado de Príncipe
Gwanghae e foi exilado para a Ilha de Jeju por
um período de dez anos, mas, na primavera
de 1623, foi chamado de volta.

Havia
certa vez
um coreano
chamado Song
Sang-in, cuja mente
era reta e cujo espírito era
verdadeiro. Ele odiava xamãs
com todas as forças e as considerava
enganadoras do povo.

— Com suas supostas orações — dizia ele —
elas devoram os bens das pessoas. Não há limites
para a tolice e a extravagância que as acompanham. Essa
doutrina delas é totalmente sem sentido. Quem me dera poder
eliminá-las da face da Terra e apagar seus nomes para sempre.

Algum tempo depois, Song foi escolhido para ser magistrado do condado de Namwon, na Província de Jeolla. Quando chegou lá, emitiu a seguinte ordem: "Se alguma xamã for encontrada neste condado, que seja apedrejada até a morte". Todo o lugar foi espionado tão minuciosamente que as bruxas escaparam para outras províncias. O magistrado pensou: "Agora nos livramos delas, e isso põe fim ao problema neste condado, para todos os efeitos".

Certo dia, ele saiu para um passeio e descansou por um tempo no Pavilhão Gwanghan. Enquanto olhava de sua posição privilegiada para fora, avistou uma mulher aproximando-se a cavalo com um tambor de xamã na cabeça. Olhou atentamente para ter certeza e, para seu assombro, viu que era de fato uma *mudang*. Enviou um mensageiro de sua residência para mandar prendê-la e, quando ela foi trazida diante dele, perguntou:

— Você é uma *mudang*?

— Sim, eu sou — respondeu ela.

— Então — disse ele — não está sabendo da ordem oficial que foi emitida?

— Ah, sim, já ouvi falar — foi a resposta dela.

— Não tem medo de morrer ao ficar aqui neste condado? — ele perguntou em seguida.

A *mudang* fez uma reverência e respondeu:

— Tenho uma reclamação a ser resolvida para apresentar diante de Vossa Excelência; por favor, tome nota disso e conceda meu pedido. É o seguinte: existem *mudangs* verdadeiras e falsas. As falsas devem ser mortas, mas você não mataria uma honesta, mataria? Suas ordens dizem respeito às falsas; eu não as vejo relacionadas com aquelas que são verdadeiras. Sou uma *mudang* honesta; sabia que não me mataria, então permaneci aqui em paz.

— Como sabe que existem *mudangs* honestas? — perguntou o magistrado.

— Coloquemos a questão à prova para ver. Se eu não comprovar minha honestidade, deixe-me morrer.

— Muito bem — disse o magistrado —, mas você realmente consegue fazer o bem? Sabe mesmo como chamar de volta os espíritos daqueles que partiram?

— Consigo — respondeu a *mudang*.

O magistrado pensou repentinamente em um amigo íntimo que morrera há algum tempo e disse a ela:

— Eu tinha um amigo de tal e tal patente em Seul; pode chamar seu espírito de volta para mim?

— Deixe-me fazer isso; mas, primeiro, você deve preparar uma comida com vinho e servi-la de modo apropriado.

O magistrado pensou por um momento e depois disse para si mesmo:

— É um assunto sério tirar a vida de uma pessoa; deixe-me descobrir primeiro se ela é ou não verdadeira para decidir.

Em seguida, mandou trazerem a comida.

— Quero uma roupa sua também, por favor — acrescentou a *mudang*.

Trouxeram a roupa, e ela estendeu uma manta no pátio, colocou a comida em ordem e vestiu a roupa, fazendo assim todos os preparativos preliminares. Depois, ergueu os olhos na direção do céu e proferiu os estranhos sons mágicos pelos quais os espíritos são chamados, enquanto chacoalhava um sino tilintante. Em pouco tempo, ela se virou e disse:

– Estou aqui.

Depois, começou a contar a triste história da doença e morte do amigo do magistrado, bem como a história da separação deles. Relembrou o magistrado de como eles brincavam juntos e das coisas que aconteceram quando iam para a escola assistir às aulas; das dificuldades que enfrentaram durante os exames; das experiências que viveram durante os seus mandatos etc. Contou segredos que eles confidenciaram um ao outro como amigos íntimos e outros assuntos que definitivamente apenas os dois sabiam. Não cometeu erro algum, antes disse a verdade em cada detalhe.

O magistrado, ao ouvir essas coisas, começou a chorar, dizendo:

– A alma do meu amigo está mesmo presente; já não posso duvidar ou negar.

Ordenou então que a comida mais seleta possível fosse preparada como um sacrifício para o seu amigo. Em pouco tempo, o amigo despediu-se dele e partiu.

– Ai de mim! Pensei que as *mudangs* fossem um bando de mentirosas, mas agora sei que existem as verdadeiras, assim como existem as falsas.

Ele deu a ela ricas recompensas, mandou-a embora em segurança, revogou sua ordem contra xamãs e absteve-se de quaisquer assuntos relacionados a elas para todo o sempre.

ance
A quem o Rei honra

Nos
dias do
Rei Sejong,
os estudantes da
Universidade Confu-
ciana estavam fazendo um
piquenique para celebrar o Festival da Primavera. Encontraram-se
em um bosque ao norte da universidade,
próximo a uma bela fonte de água, e foram
bebendo e festejando a noite toda. Enquanto
estavam se divertindo, as salas da faculdade ficaram
desertas. Um estudante do campo, pessoa rústica a seu
modo, sem importância para os outros, pensou que, enquanto
todos iam se divertir, alguém deveria ficar para trás guardando os
recintos sagrados do templo; decidiu enfim que abriria mão dos prazeres
do piquenique, ficaria para trás e observaria.

O Rei daquela época enviou um eunuco para a universidade, a fim de ver quantos estudantes permaneceram de guarda. O eunuco voltou, dizendo que todos tinham ido ao piquenique, exceto um homem, um rude camponês, que estava sozinho no comando. O Rei imediatamente mandou chamar o homem, pedindo-lhe para vir exatamente como estava, com suas roupas de plebeu.

Quando ele chegou, Sua Majestade perguntou:

— Quando todos saíram para se divertir, por que é que você permaneceu sozinho?

— Também gostaria de ter ido, mas deixar o templo sagrado completamente deserto não me parecia correto, então eu fiquei — respondeu ele.

O Rei ficou muito satisfeito com a resposta e perguntou novamente:

— Sabe escrever versos?

— Sei muito pouco sobre versos — foi a resposta.

– Tenho aqui metade de um verso que é assim: "Depois das chuvas, as montanhas choram". Escreva-me um par que acompanhe essa linha – disse o Rei então.

– "Antes do vento, a grama está alegre" – respondeu de imediato o estudante.

O Rei, encantado, elogiou-o por sua habilidade e fez dele um graduado especial na mesma hora, dando-lhe diploma e flores para o seu chapéu e emitindo uma proclamação que dizia que ele havia passado no Exame *Gwageo*. Ordenou-lhe imediatamente um capacete, um casaco vermelho, um cavalo para montar, dois garotos para irem à sua frente, flautistas e harpistas, dizendo:

– Vá agora ao piquenique e mostre-se.

Embora os participantes do piquenique estivessem ocupados, ouviram de repente o som de flautas e harpas e perguntaram-se qual seria o sentido disso. Não era hora de os recém-formados irem para o exterior. Enquanto olhavam, eis que um candidato vitorioso, usando vestes cerimoniais, anunciado por garotos e montado no palafrém do Rei, veio cumprimentá-los. Olhando de perto, viram que ele era o rude camponês que haviam deixado para trás no templo. Perguntaram o que ele queria dizer e depois souberam, para o seu espanto, que o Rei o honrara. A companhia, em consternação e surpresa, separou-se e voltou para a casa imediatamente.

Esse graduado especial tornar-se-ia depois, pelo favor do Rei, um homem grande e notável.

*A sorte
de Yoo*

Havia um
homem de
Yeongnam chamado
Yoo que vivia nos tempos
de Sejong. Ele estudara os clássicos, passara nos exames e torna-
ra-se um funcionário subalterno ligado
à Universidade Confuciana. Não era sequer do
sexto grau, de modo que ser promovido estava fora
de questão. Era um homem do campo que não tinha amigos nem influência e, embora estivesse em Seul há muito tempo,
não havia nenhuma probabilidade de avanço. Assim sendo, abatido
e solitário, ele decidiu deixar a cidade e voltar para a sua casa no campo.

Havia um secretário do palácio que conhecia esse homem e foi despedir-se dele antes da partida.

Aproveitando a oportunidade, o homem do campo disse:

— Estou em Seul há muito tempo, mas ainda não vi o escritório real dos secretários. Posso acompanhá-lo algum dia quando for o seu turno?

— Durante o dia, sempre há uma multidão que se reúne ali para fazer negócios, e ninguém é autorizado a entrar sem uma senha especial. Vou para lá amanhã, no entanto, e ali pretendo dormir para que, à noite, possamos ter uma boa chance de dar uma olhada no palácio. Não se pode dormir lá de acordo com as regras, mas, fazendo isso, pode-se passar despercebido – disse o secretário.

Depois, deu ordens para que a guarda militar que o acompanhava escoltasse o homem do campo no dia seguinte.

Conforme o combinado, o homem, na noite que seguiu, entrou no gabinete do palácio, mas qual foi a sua surpresa ao descobrir que, por algum motivo, o secretário não viera. Os portões, da mesma forma, estavam fechados atrás dele, de modo que não poderia sair. Estava realmente em apuros. Por acaso, havia um criado do secretário na sala, e ele, sentindo pena do estranho, arrumou um canto escondido onde o homem poderia passar a noite e, depois, partir silenciosamente de manhã.

A noite estava límpida e bela, e aparentemente todos dormiam, exceto Yoo. Ele estava bem acordado, pensando consigo se não poderia sair em silêncio para ver o local.

Era época de chuvas, e uma parte do muro caíra no gabinete logo adiante. Então, Yoo escalou esse muro quebrado e, sem saber por onde ia, viu-se de repente nos aposentos reais. Era um lindo jardim, com árvores, lagos e caminhos.

"De quem é esta casa", pensou Yoo, "com um lindo jardim?"

Subitamente, apareceu um homem com um belo chapéu novo na cabeça, trazendo um cajado na mão e acompanhado por um servo, caminhando devagar na sua direção. Era ninguém mais ninguém menos que o Rei Sejong, dando uma volta com um de seus eunucos ao luar.

Quando os dois se encontraram, Yoo não fazia ideia de que aquele era o Rei. Sua Majestade perguntou:

– Quem é você e como chegou aqui?

Ele disse quem era e como havia combinado de entrar com o secretário; como o secretário falhou; como os portões foram fechados e ele virou um prisioneiro durante a noite; como viu o luar brilhante, desejou sair e, encontrando o muro quebrado, chegou ali.

– De quem é esta casa, afinal? – perguntou Yoo.

– Eu sou o dono desta casa – respondeu o Rei.

Sua Majestade pediu-lhe então para entrar e sentar-se em um tapete ao lado dele. Assim, papearam. O Rei descobriu que o homem havia passado nos exames especiais sobre os clássicos e, ao perguntar como é que Yoo não tinha um cargo melhor, Yoo respondeu que ele era um homem do campo desconhecido, que sua família não tinha a menor influência e que, embora desejasse um cargo, era impedido pelas famílias poderosas da capital.

– Quem haveria – perguntou ele – de se incomodar comigo? Assim, todas as minhas esperanças falharam, e eu acabei decidindo deixar a cidade, voltar para casa e viver meus dias lá.

– Você, que conhece os clássicos tão bem, sabe alguma coisa sobre o *Livro das mutações*? – perguntou o Rei.

— As partes mais profundas eu não sei, apenas as mais fáceis — respondeu ele.

Então, o Rei mandou um eunuco trazer o Livro das Mutações. Era a hora de Sua Majestade ler por si só. O livro foi trazido e aberto ao luar. O Rei procurou por uma parte que lhe dera especial dificuldade, e esta o estranho explicou palavra por palavra, dando o sentido com uma clareza convincente. O Rei ficou satisfeito e muito maravilhado, e eles leram juntos durante toda a noite. Quando se separaram, o Rei disse:

— Você tem todo esse conhecimento e ainda assim nunca fez uso dele? Ai de mim pelo meu país! — suspirou.

Yoo comentou que gostaria de ir direto para casa agora, se o mestre gentilmente lhe abrisse a porta.

O Rei disse, no entanto, que ainda era muito cedo e que ele poderia ser detido pelos guardas que estavam por perto.

— Volte — disse ele — para onde estava e, em plena luz do dia, pode passar pelo portão aberto.

Yoo despediu-se então e voltou pelo muro quebrado ao seu canto na sala do secretário. Quando veio a manhã, saiu pelo portão principal e retornou para a sua casa.

No dia subsequente, o Rei enviou um secretário especial e fez com que Yoo fosse nomeado ao cargo de Superintendente de Literatura. Na promulgação, os oficiais reuniram-se no tribunal público e protestaram com muita indignação contra o ato de dar um cargo tão grande a uma pessoa desconhecida.

Sua Majestade disse:
— Se vocês se opõem tanto, vou desistir.

Porém, no dia seguinte, nomeou-o para um cargo com um grau ainda maior. Novamente, todos protestaram, e Sua Majestade disse:

— Deveras, já que objetam tanto, desistirei do assunto.

No dia seguinte, designou-o para um outro cargo com um grau ainda maior. Mais uma vez, todos protestaram e ele aparentemente cedeu. Mas, no dia que se seguiu, Yoo foi promovido ainda mais e novamente vieram os protestos, tanto que Sua Majestade pareceu ceder. No próximo dia, o Rei atribuiu-lhe o cargo de Vice-presidente de todos os Literatos.

Os altos oficiais reuniram-se de novo e perguntaram uns aos outros o que o Rei queria com isso e qual seria a melhor forma de agir.

— Se não impedirmos de alguma forma, ele vai nomeá-lo Presidente dos Literatos.

Decidiram deixar o assunto para lá e ver depois o que seria melhor fazer.

Anunciou-se a realização de um banquete real, quando todos os oficiais se reuniam. Nessa ocasião, os altos Ministros de Estado disseram baixinho para o Rei:

— Não é apropriado que uma pessoa tão obscura tenha um cargo tão importante. O fato de Vossa Majestade promovê-lo como fez deixou todo o corpo oficial em um estado de consternação. Com nossos protestos, Vossa Majestade apenas o promovia mais. Qual é o sentido que Vossa Majestade atribui a esses atos, por favor?

O Rei não respondeu, mas ordenou que um eunuco trouxesse o *Livro das mutações*. Abriu-o na parte da dificuldade especial e indagou sobre o seu significado. Mesmo entre os mais altos ministros, ninguém conseguiu dar uma resposta. Chamou o nome deste ou daquele, mas todos ficaram em silêncio. O Rei disse então:

— Estou bastante interessado na leitura do *Livro das mutações*; é um grande livro dos sábios. Qualquer um que o compreenda certamente merece ser promovido. Vocês, todos vocês, não conseguiram captar o significado dele, enquanto Yoo, contra quem vocês protestam, explicou tudo para mim. O que me dizem agora? Yoo ser promovido assim é justamente como deveria ser. Por que se opõem? Irei promovê-lo mais e mais, então parem com essa oposição.

Ficaram com medo e com vergonha e não mencionaram o assunto novamente.

Yoo, a partir daquele momento, tornou-se o professor real do *Livro das mutações* e subiu cada vez mais alto na hierarquia, até tornar-se Chefe da Universidade Confuciana e primeiro em influência, superando todos.

Nota: muitas pessoas habilidosas não têm chance de ser promovidas. É difícil ter seus dons reconhecidos em lugares ilustres, que dirá perante um Rei. A boa sorte que caiu sobre o primeiro estudioso foi uma providência divina. Ao cuidar de uma casa vazia, a honra veio até ele, e ele foi promovido. Entrar assim no palácio sem ser convidado foi um grande erro, mas, pelo favor real, ele foi perdoado, recebido e honrado.

Bastou uma linha de poesia para a habilidade do homem manifestar-se e, ao explicar o *Livro das mutações,* outro caminho para a alta promoção foi aberto.

Caso Sejong não tivesse sido um Rei grande e iluminado, como isso poderia ter acontecido? Quão raros são esses acontecimentos! Assim, todos os homens se questionavam sobre o que se sucedeu entre esses dois. Eu, no entanto, pensei mais na sagacidade do Rei ao encontrá-lo. Até os meus dias, sua virtude e suas realizações são conhecidas, a ponto de o mundo chamá-lo de O Rei da Era de Ouro da Coreia.

Encontro com um dokkaebi

Estive
metido em
encrencas no ano
Pyong-sin e fui preso;
um militar de nome Choi
Wonso, que era Capitão da Guarda,
tinha participação nisso e também foi preso.
Encontrávamo-nos com frequência na prisão e
passávamos horas conversando. Certo dia, a conversa foi
sobre duendes. Nessa ocasião, o Capitão Choi disse:

— Quando eu era jovem, encontrei um *dokkaebi* (duende coreano), algo que quase me custou a vida e me deixou por um fio de cabelo. Um caso muito estranho, de fato!

Pedi-lhe que me contasse, ao que ele respondeu:

— Originalmente, eu tinha uma casa em Seul, mas, ao saber de um local vago na Cidade do Cinturão, fiz a inscrição e consegui. Fomos para lá, meu pai e o resto da família ocupando os aposentos internos enquanto eu vivia no quarto da frente.

"Certa noite, quando já era tarde e eu estava meio-adormecido, a porta abriu de repente e uma mulher entrou e parou diante da lamparina. Eu claramente a vi e soube que vinha da casa de um amigo acadêmico, pois já tinha visto essa mulher antes e ficado muito atraído por sua beleza, mas nunca tive a chance de encontrá-la. Ora, vendo-a entrar no meu quarto assim, cumprimentei-a com alegria, mas ela não respondeu. Levantei-me para pegá-la pela mão, mas ela começou a recuar para impedir minha mão de alcançá-la. Corri na direção dela, mas ela apressou o passo para trás, conseguindo escapar de mim. Chegamos ao portão, que ela abriu com um chute traseiro, e eu segui adiante, até que ela desapareceu repentinamente. Procurei por todos os lados, mas não havia vestígio dela. Pensei que ela apenas tinha se escondido, e nunca mais sonhei com outra coisa.

"Na noite seguinte, ela voltou e parou diante da lâmpada, exatamente como fizera na noite anterior. Levantei-me e, mais uma vez, tentei segurá-la, mas ela começou a dar seus passos peculiares para trás de novo, até passar pelo portão e desaparecer da mesma forma que fizera antes. Fiquei mais uma vez surpreso e desapontado, mas não imaginei que ela fosse um *dokkaebi*.

"Alguns dias depois, à noite, fui me deitar, quando de repente surgiu um som de papel crepitando acima do teto. Parecia um som ameaçador e aterrorizante, à meia-noite. Um pouco depois, uma cortina caiu, dividindo o quarto em duas partes. Depois, um grande fogo de brasas desceu bem na minha frente, enquanto um calor imenso tomou conta do lugar. Tudo estava em chamas, sem possibilidade de fuga. Temendo pela minha vida, não sabia o que fazer. Com o primeiro canto do galo da manhã, o barulho cessou, a cortina subiu e o fogo de brasas sumiu. O lugar estava como que varrido, totalmente limpo de qualquer vestígio do que acontecera.

"Na noite seguinte, estava sozinho novamente, mas ainda não tinha me despido nem me deitado, quando um homem grande e corpulento abriu a porta de repente e entrou. Ele usava na cabeça um chapéu de feltro de soldado e, em seu corpo, uma túnica azul como a dos subalternos da residência oficial. Ele me segurou e tentou me arrastar para fora. Eu era então jovem e vigoroso e não tinha a menor intenção de ceder, então entramos em uma briga. A lua estava brilhante; e a noite, clara; mas eu, incapaz de me segurar, fui puxado para o pátio. Ele me levantou e me fez girar e girar; depois, subiu até o terraço mais alto e me jogou de lá, de modo que fiquei terrivelmente atordoado. Ficou na minha frente e me manteve prisioneiro. Havia um jardim nos fundos da casa e um muro ao redor dele. Olhei e, na parte de dentro do muro, havia uma dúzia ou mais de pessoas. Estavam todas vestidas com chapéus e casacos de militares e ficavam gritando:

"'Não o machuque, não o machuque!'

"O homem que me maltratava, contudo, respondeu:

"'Isto não é da conta de vocês, não é da conta de vocês!'

"Mas eles continuaram a gritar:

"'Não o machuque, não o machuque!'

"'Não se intrometam, não é da conta de vocês!', ele gritou, por sua vez.

"'O homem é um cavalheiro da classe militar; não o machuque', gritaram eles.

"'Ainda que ele seja, não é da conta de vocês', disse o sujeito.

"Depois, ele me pegou pelas duas mãos e me jogou para o alto, até eu estar a meio caminho ou mais do céu. Então, na minha queda, passei como um raio pela Província de Gyeonggi e por Chungcheong, até finalmente cair no chão em Jeolla. No meu voo pelo espaço, vi todas as cidades distritais das três províncias claras como o dia. Em Jeolla, ele me lançou ao céu mais uma vez. Novamente, fui como um raio até o céu e caí na direção norte, até encontrar-me em casa, deitado, atordoado, embaixo do terraço da varanda. Pude ouvir de novo as vozes do grupo no jardim gritando:

"'Não o machuque... machuque...'

"Mas o homem dizia:

"'Não é da conta de vocês... de vocês...'

"Ele me pegou mais uma vez e me jogou no ar novamente, e lá fui eu correndo para Jeolla e voltei, duas ou três vezes ao todo.

"Então, um dos integrantes do grupo no jardim se aproximou, pegou o meu algoz pela mão e o levou para longe. Encontraram-se um pouco para conversar e rir do assunto e, depois, dispersaram-se e foram embora, de modo que não foram mais vistos.

"Permaneci deitado imóvel ao pé do terraço até a manhã seguinte, quando meu pai me encontrou, levou-me pela mão e cuidou de mim; então, eu fui com ele, e todos deixamos a casa assombrada para nunca mais voltar."

Nota: há várias razões pelas quais um lugar pode ser denominado "casa assombrada". O fato de haver *dokkaebi* nela a torna assombrada. Se um homem bom ou "superior" entra em tal lugar, os duendes vão embora, e nenhuma palavra de assombração voltará a ser ouvida. Choi viu o duende e ficou muito ferido.

Entendo que é apenas uma questão de os homens temerem os duendes, mas estes também têm medo dos homens. O fato de haver pouquíssimas pessoas que eles temam é o caso mais triste de todos. Choi tinha medo dos duendes, por isso eles o incomodavam.

A vingança da cobra

Vivia um
arqueiro nos
tempos antigos,
cujo lar era próximo
do Portão da Água de Seul.
Era um homem de muita força,
famoso por sua valentia.
O Portão da Água tem conexão com
um buraco embaixo do muro da cidade, por
meio do qual as águas do Grande Canal encontram sua saída. Nele, há piquetes de ferro para impedir
a entrada ou saída de pessoas por esse caminho.

Certa tarde, quando esse oficial militar estava dando um passeio, uma grande cobra foi vista rastejando pelo Portão da Água. A cabeça da cobra já havia passado por entre as grades, mas o seu corpo, sendo mais largo, não conseguia passar, então ela ficou presa ali. O soldado sacou uma flecha e, encaixando-a no arco, atirou na cabeça da cobra. Com a cabeça ferida de modo fatal, a criatura morreu. O arqueiro então a puxou para fora do portão, esmagou-a e ali a deixou.

Pouco tempo depois, a esposa do homem concebeu e deu à luz um filho. Desde o princípio, a criança tinha medo do pai e, ao vê-lo, costumava chorar e parecia muito assustada. À medida que cresceu, passou a odiar mais e mais a presença do pai. O homem começou a desconfiar disso e então, ao invés de amar o filho, começou a não gostar dele.

Certo dia, quando estavam apenas os dois na sala, o oficial foi se deitar para fazer a sesta, cobrindo o rosto com a manga de sua camisa, mas o tempo todo de olho no menino para ver o que ele faria. A criança olhou para o pai e, pensando que ele estava dormindo, pegou uma faca e deu uma apunhalada nele. O homem saltou, pegou a arma e, em seguida, com um bastão, deu uma pancada no garoto que o matou na mesma hora.

Golpeou-o repetidas vezes, deixou-o ali e foi embora. A mãe, em lágrimas, no entanto, cobriu o corpinho com uma colcha e preparou-se para o enterro. Sem demora, a colcha começou a se mover, e ela, alarmada, levantou-a para ver o que tinha acontecido. De repente, embaixo dela, a criança desapareceu e em seu lugar surgiu uma enorme cobra enrolada. A mãe teve um sobressalto, saiu da sala e não entrou mais.

Quando veio a noite, o marido regressou e ouviu a horrível história de sua esposa. Foi para a sala e espreitou: agora, todo o corpo se metamorfoseara em uma cobra gigante. Na cabeça dela, havia a cicatriz da flecha que ele disparara. Ele disse para a cobra:

— Você e eu originalmente não éramos inimigos, logo, fiz mal em disparar em você como fiz; mas a sua intenção de se vingar tornando-se meu filho foi um ato horrível. Uma coisa dessas prova que minhas suspeitas sobre você eram justas e corretas. Você virou meu filho para me matar, seu próprio pai; ora, sendo assim, não deveria eu matá-la também? Se tentar de novo, isso certamente levará à sua morte pelas minhas mãos. Já conseguiu sua vingança e voltou novamente para a sua forma original; vamos esquecer o passado e virar amigos a partir de agora. O que me diz?

Ele repetiu isso mais de uma vez e insistiu nas suas propostas, ao passo que a cobra, de cabeça baixa, parecia ouvir com atenção. Depois, ele abriu a porta e disse:

— Agora, pode seguir o caminho que quiser.

A cobra partiu então, rumando diretamente para o Portão da Água e passando pelas grades. Não voltou a aparecer.

Nota: o homem é um ser espiritual, diferente de todas as outras criaturas; embora uma cobra tenha o poder do veneno, este é insignificante quando comparado ao homem. A cobra morreu e, por meio da transmigração de sua alma, vingou-se. O homem morre, mas nunca ouvi dizer que possa reencarnar como a cobra fez. Por que é que, mesmo sendo um ser espiritual, ele é incapaz de fazer o que os animais fazem? Já vi muitos homens inocentes serem mortos, mas nenhum deles voltou para se vingar do fora da lei que o matara; por isso, questiono-me mais do que nunca ao ouvir essas histórias de cobra. O fato de o Homem Superior não saber nada da lei que governa esses seres é uma pena para mim.

O magistrado valente

Nos
tempos
antigos, em
um dos conda-
dos da Província de
Hamgyong do Norte, havia
um duende malcheiroso que
causava grande destruição à vida.
Os magistrados se sucediam uns após os
outros, mas, cerca de dez dias após chegarem,
morriam todos em grande agonia, de modo que
nenhum homem queria alojar-se lá ou ter qualquer
vínculo com o local. Uma média de cem homens foram convidados para assumir o cargo, mas recusaram todos. Finalmente,
um soldado corajoso, que não tinha nenhuma influência social ou
política, aceitou. Era um homem forte e destemido.

"Ainda que haja um demônio aqui, todos os homens não morrerão, com certeza. Irei testá-lo", pensou ele.

Depois, disse adeus e entrou no seu gabinete. Viu-se sozinho no lugar, já que todos haviam fugido. Carregava sempre uma longa faca em seu cinto e ia armado assim, pois notara desde o primeiro dia um cheiro de peixe estragado, que foi ficando cada vez mais acentuado.

Após cinco ou seis dias, notou também que o que parecia ser uma névoa entrava frequentemente pelo portão externo, e dessa névoa é que vinha o cheiro fétido. Diariamente, o odor foi ficando mais e mais insuportável, a ponto de ele não aguentar mais. Em cerca de dez dias, quando chegou a hora de ele morrer, os mensageiros do escritório e os servos, que haviam voltado, fugiram novamente. O magistrado manteve ao seu lado um frasco de uísque, do qual bebeu frequentemente para fortificar a sua alma. Nesse dia, ficou muito bêbado e depois aguardou. Finalmente, avistou algo, vindo do portão principal, que parecia envolto em neblina, com o contorno de três ou quatro braçadas e a altura de mais ou menos quatro metros e meio. Não tinha cabeça, nem corpo, nem braços visíveis. Apenas havia na parte de cima dois olhos assustadores, revirando-se de modo selvagem. O magistrado saltou de imediato, correu em direção à névoa, deu um alto grito e a acertou com sua espada. Quando deu o golpe, houve um som de trovão, e a coisa se dissipou por completo. Também o mau cheiro que a acompanhava imediatamente desapareceu.

O magistrado então, em um acesso de intoxicação, caiu de bruços. Os servidores, todos pensando que ele havia morrido, reuniram-se no pátio para preparar seu enterro. Viram-no caído na terra, mas observaram que os corpos dos outros que morreram dessa coisa maligna foram deixados na varanda, enquanto que o dele estava no pátio inferior. Ergueram-no a fim de prepará-lo para o enterro, quando, de repente, ele voltou à vida, olhou para eles com raiva e perguntou o que estavam fazendo. O medo e a perplexidade tomaram conta deles. Daquele momento em diante, não havia mais fedor.

O templo do Deus da Guerra

Quando
Yi Hang-bok
era criança, um
adivinho cego veio e
previu o seu futuro, dizendo:
– Este garoto será muito
grande, com toda a certeza.
Aos 7 anos de idade, seu pai deu-lhe a
tarefa de escrever um verso baseado em "A harpa
e a espada", e ele escreveu:

A Espada pertence à Mão do Guerreiro,
E a Harpa, à Música dos Antigos.

Aos 8, pegou o tema de "O salgueiro em frente à Porta" e escreveu:

O vento leste varre do penhasco a fronte,
E o salgueiro no topo acena fresco e forte.

Ao ver a imagem de um grande banquete entre os ferozes Turcos da Ásia Central, escreveu assim:

A caçada está longe nas obscuras e selvagens colinas,
E a lua está fria e cinza,
Enquanto as patas de mil cavalos
Repicam nos caminhos gelados.
Nas tendas do Turco, a música emociona
E os copos de vinho tilintam de alegria,
Em meio ao som do passo selvagem da dançarina
E a cadência do feroz oboé.

Im Bang & Yi Ryuk

Aos 12 anos, era orgulhoso e, segundo dizem-nos, altivo. Vestia-se bem e era invejado pelos rapazes do lugar; uma vez, tirou seu casaco e o deu a um menino que o olhou com inveja. Deu os sapatos também e voltou descalço. Sua mãe, querendo saber o que se passava na cabeça dele, fingiu repreendê-lo, mas ele respondeu, dizendo:

– Mãe, quando outros queriam tanto, como eu poderia não dar?

A mãe ponderou essas coisas em seu coração.

Quando tinha 15, era forte e sarado e gostava de exercícios vigorosos, a ponto de ser um lutador notável e ter habilidade nos jogos de peteca. Sua mãe, no entanto, desaprovava essas coisas, dizendo que não eram dignas; por conta disso, ele desistiu delas e concentrou sua atenção nos estudos literários, graduando-se aos 25 anos de idade.

Em 1592, durante a Guerra Japonesa, quando o Rei escapou para Uiju, Yi Hang-bok foi com ele em sua fuga e encontrou lá o representante chinês (Ming), que disse surpreso à Sua Majestade:

– Quer dizer que você tem homens em Joseon como Yi Hang-bok?

Yang Ho, o general das forças de resgate, também se dirigia continuamente a ele para pedir opiniões e conselhos. Ele viveu para ver os problemas no reino do perverso Gwanghae e, por fim, foi para o exílio em Bukchon. Quando ele cruzou a Passagem de Ferro perto de Wonsan, escreveu:

Da altura vertiginosa do Pico de Ferro,
Recorro à nuvem passageira
Para evaporar as lágrimas de um exílio solitário
Nas dobras de seu manto de penas
E deixá-las cair como chuva nos Portões do Palácio,
No Rei e na sua multidão desavergonhada.

▲

Durante a Guerra Japonesa no reinado de Sonjo, os Ming enviaram um grande exército que foi para o Leste, expulsou o inimigo e restaurou a paz.

Naquela época, o general dos Ming informou a Sua Majestade Coreana de que a vitória se devia à ajuda de Kwan, o Deus da Guerra.

– Sendo assim – disse ele –, vocês não devem continuar sem templos para expressar sua gratidão a ele.

Então, construíram-lhe casas de adoração e ofereceram-lhe sacrifícios. Os templos construídos ficaram um ao sul e outro ao leste da cidade. Ao examinarem os locais para os templos, não conseguiram chegar a um acordo quanto ao do sul. Alguns o queriam mais perto do muro; e outros, mais longe. Naquela época, um oficial chamado Yi Hang-bok estava encarregado da verificação. Certo dia, quando Yi estava em casa, um oficial militar chamou-o e quis vê-lo. Ordenando-lhe que entrasse, encontrou um grande sujeito robusto, esplendidamente constituído. O pedido dele era que Yi mandasse todos os servos embora para que pudesse falar com ele em particular. Pediu-se que eles saíssem e, depois, o estranho transmitiu a sua mensagem. Ao terminar, disse adeus e partiu.

Yi tinha naquele tempo um velho amigo que morava com ele. O amigo saiu com os servos quando foram convidados a se retirar e agora estava de volta. Ao entrar, notou que o rosto do mestre tinha uma expressão deveras peculiar e indagou por quê. Yi não respondeu de imediato, mas, depois, contou ao seu amigo que uma coisa muito extraordinária acabara de acontecer. O militar que viera e o chamara era ninguém mais ninguém menos que um mensageiro do Deus da Guerra. A sua vinda, igualmente, foi porque ainda não haviam decidido o local do templo.

– Ele veio – disse Yi – para me mostrar onde o templo deveria estar. Insistiu que não se tratava apenas de uma questão para o presente, mas para as eternidades que viriam. Se não fizermos tudo correto, o Deus da Guerra não encontrará paz. Disse-lhe em resposta que farei o melhor que puder. Isso não foi esquisito?

O amigo que ouviu ficou bastante perplexo, mas Yi o advertiu a não repetir isso a ninguém. Yi usou todas as suas forças e, ao final, colocaram o edifício no local aprovado, onde permanece até hoje.

Uma visita das sombras

Choi
Yu-won
matriculou-se
na universidade
em 1579 e formou-se
em 1602, tornando-se Chefe
de Justiça e recebendo o posto
de Príncipe. Quando era menino,
sua tia-avó certa vez lhe deu tecido para
um conjunto de roupas, mas ele recusou-se a
aceitar e, por conta disso, sua tia profetizou que
ele ainda se tornaria um homem famoso. Ele estudou
na casa do grande mestre Yulgok, e este também predisse
que haveria um dia em que ele seria um orgulho para a Coreia.

Yu-won conheceu Chang Han-kang certa vez e perguntou-lhe sobre *Pyon-hwa Keui-jil* (uma lei pela qual os fracos se tornavam fortes; os perversos, bons; e os estúpidos, sábios). Também perguntou se, na hipótese de alguém ser verdadeiramente transformado, a alma mudaria assim como o corpo ou somente o corpo mudaria. Chang respondeu:

— Ambos mudam, pois como o corpo poderia mudar sem a alma?

Yu-won perguntou a Yulgok a respeito disso também, e este respondeu que as palavras de Chang eram verdadeiras.

Em 1607, Choi Yu-won homenageou o Rei, chamando a atenção para uma carta recebida do Japão, em resposta a um comunicado enviado por Sua Majestade, que tinha em seu endereço o nome do Primeiro-ministro escrito uma margem abaixo da boa forma exigida. O emissário coreano não protestara como o dever exigia e, não obstante, o Rei o promovera. Os vários oficiais o elogiaram por sua coragem.

Em 1612, enquanto era Chefe de Justiça, o Rei Gwanghae tentou rebaixar a Rainha Viúva, que não era sua própria mãe, uma vez que ele nasceu de uma concubina. Yu-won implorou-lhe com lágrimas nos olhos que não fizesse algo tão ilegal e incomum. Ainda assim, o Rei anulou toda a oposição e agiu de acordo com sua vontade desnaturada. Nisso tudo, Choi Yu-won provou ser um homem bom e justo. Costumava dizer a seus companheiros, mesmo quando jovem:

— A morte é terrível, mas, ainda assim, é melhor morrer pela causa da justiça e pela honra do que viver em desgraça.

Outro ditado dos seus era: "Todo o estudo de alguém é para o desenvolvimento do caráter; se não tiver esse fim, é tudo em vão".

A antiga crença da Coreia era que o sangue de um filho fiel servia como elixir de vida para os moribundos, de modo que, quando sua mãe estava à beira da morte, Yu-won, com uma faca, cortou a carne de sua coxa até o sangue escorrer e, com isso, preparou sua dose mágica.

▲

Havia um ministro nos tempos antigos que, certa vez, quando era Secretário do palácio, preparava-se para o ofício da manhã. Estava usando seu traje cerimonial. Era muito cedo e, enquanto se apoiava no encosto por um momento, o sono tomou conta dele. Ele sonhou e, durante seu sonho, pensou que estava cavalgando em uma viagem. Estava cruzando a ponte na entrada da Rua Oriental do palácio, quando, de repente, viu sua mãe vindo em sua direção a pé. Desmontou imediatamente, fez uma reverência e disse:

— Por que vem assim, mãe, não em uma cadeira, mas a pé?

— Eu já deixei o mundo, e as coisas onde estou não são como onde você está, por isso eu ando – respondeu ela.

— Aonde está indo, por favor? – perguntou o Secretário.

— Temos um servo morando em Yongsan, e as bruxas estão fazendo uma vigília por lá agora, então irei participar do sacrifício – respondeu ela.

— Mas – disse o Secretário – temos dias de sacrifício, muitos deles, na nossa própria casa, aqueles das quatro estações e também no primeiro e décimo quinto dia de cada mês. Por que vai para a casa de um criado e não para a minha?

— Seus sacrifícios não me interessam, gosto das orações das bruxas.

Se não há um médium, nós, os espíritos, não encontramos nenhuma satisfação. Estou com pressa – disse ela – e não posso esperar mais. – Despediu-se e foi embora.

O Secretário acordou assustado, mas sentiu que realmente tinha visto o que acontecera.

Depois, chamou um servo e disse-lhe para ir imediatamente à casa de fulano e sicrano em Yongsan para dizer a um certo criado que viesse naquela mesma noite, sem falta.

– Vá depressa – disse o Secretário – para que possa voltar antes de eu entrar no palácio.

Ele sentou-se, então, para meditar sobre o assunto.

Em pouco tempo, o servo foi e voltou. Ainda não era plena luz do dia e, como estava frio, o servo não entrou direto, mas foi primeiro à cozinha aquecer as mãos diante do fogo. Havia ali um companheiro de serviço que lhe perguntou:

– Você bebeu alguma coisa?

Ele respondeu:

– Estão fazendo um grande negócio de bruxa em Yongsan e, enquanto a *mudang* estava performando, ela disse que o espírito que a possuía era o da mãe do mestre daqui. Quando apareci, ela chamou meu nome e disse: "Este é o servo da nossa casa". Depois, chamou-me e deu-me um grande copo de aguardente. Acrescentou ainda: "Enquanto vinha para cá, encontrei meu filho indo para o palácio".

O Secretário, ouvindo essa conversa da sala onde estava esperando, desabou e começou a chorar. Chamou o servo e fez uma investigação mais completa; mais do que nunca, teve a certeza de que o espírito de sua mãe fora de fato, naquela manhã, participar da cerimônia sacrificial das bruxas. Posteriormente, chamou a *mudang* e, em nome do espírito de sua mãe, fez-lhe uma grande oferenda. Desde então, passou a fazer-lhe sacrifícios quatro vezes por ano, de acordo com o retorno das estações.

O capitão destemido

Antiga-
mente, havia
um soldado cha-
mado Yi Man-ji, de
Yeongnam, um sujeito forte
e musculoso, corajoso como um
leão. Tinha olhos verdes e um pés-
simo semblante. Dizia com frequência:
— Medo! O que é medo?
Certo dia, quando estava em casa, caiu uma
chuva repentina, com clarões de relâmpagos e fortes
estrondos de trovões. Em um deles, uma grande bola de
fogo caiu dentro de sua casa e foi rolando pela varanda, pelos
quartos, pela cozinha e para fora no quintal até chegar aos aposentos
dos empregados. Várias vezes, ela foi e voltou quicando. Sua luz resplan-
decente e o barulho que a acompanhava faziam dela algo aterrorizante.

Yi sentou-se na varanda externa, totalmente imperturbável. Pensou consigo: "Não fiz nada de errado, então por que tenho de temer o relâmpago?". Um pouco depois, um clarão atingiu o grande olmo em frente à casa e o esmagou em pedaços. A chuva cessou então, bem como os trovões.

Yi virou-se para ver como sua família havia se saído e encontrou todos caídos inconscientes. Com a maior dificuldade, conseguiu trazê-los de volta à vida. Durante aquele ano, todos adoeceram e morreram, e Yi foi para Seul e tornou-se um Capitão da Guarda Direita. Logo depois, foi para a província de Hamgyong do Norte. Lá, tomou uma segunda esposa e instalou-se. Todos os seus predecessores morreram por influência de duendes, e o fato de a calamidade tê-los atingido enquanto estavam nos aposentos oficiais o levou a usar desta vez uma das casas da aldeia.

Yi, no entanto, determinou-se a deixar de lado todo o medo e voltar para os antigos aposentos, os quais ele reformou extensivamente.

Uma noite, sua esposa estava na sala interna enquanto ele estava sozinho no escritório público, com uma luz acesa diante dele. Na segunda vigília ou perto disso, um objeto de aparência estranha saiu dos aposentos internos. Parecia o toco de uma árvore embrulhado em um pano de saco preto. Não havia contorno ou forma definida; ele veio saltitando e sentou-se imediatamente diante de Yi Man-ji. Outros dois objetos seguiram seu rastro, com a forma exata do primeiro. Os três sentaram-se então em uma fila na frente de Yi, chegando cada vez mais e mais perto dele. Yi afastou-se até encostar na parede e não poder ir mais longe. Disse então:

– Quem são vocês, afinal? Que tipo de diabo, digam-me, vocês se atrevem a empurrar para mim desse jeito em meu gabinete? Se tiverem alguma reclamação ou assunto a resolver, digam-me, que cuidarei disso.

– Estou com fome, estou com fome, estou com fome – respondeu o diabo do meio.

– Com fome, é? Muito bem, agora é só recuar que eu terei comida preparada para você em abundância – respondeu Yi.

Repetiu então uma fórmula mágica que aprendera e estalou os dedos. Os três demônios pareciam ter medo disso. Depois, Man-ji fechou o punho de repente e deu um golpe no primeiro demônio. Ele se esquivou muito habilmente, contudo, e Yi errou, atingindo o chão com um golpe sonoro que cortou sua mão.

Então, todos gritaram:

– Vamos embora, vamos embora, já que você trata seus convidados assim.

Imediatamente, saíram da sala e desapareceram.

No dia seguinte, mandou matar bois e fazer um sacrifício para os demônios, e eles não voltaram mais.

Nota: homens foram mortos por duendes. Isso não se deve tanto ao fato de os duendes serem perversos, mas sim ao fato de os homens terem medo deles. Muitos morreram em Hamgyong do Norte, mas aqueles que foram corajosos e os derrubaram ou os feriram com uma faca sobreviveram. Se tivessem medo, também teriam perecido.

O Rei do submundo (inferno)

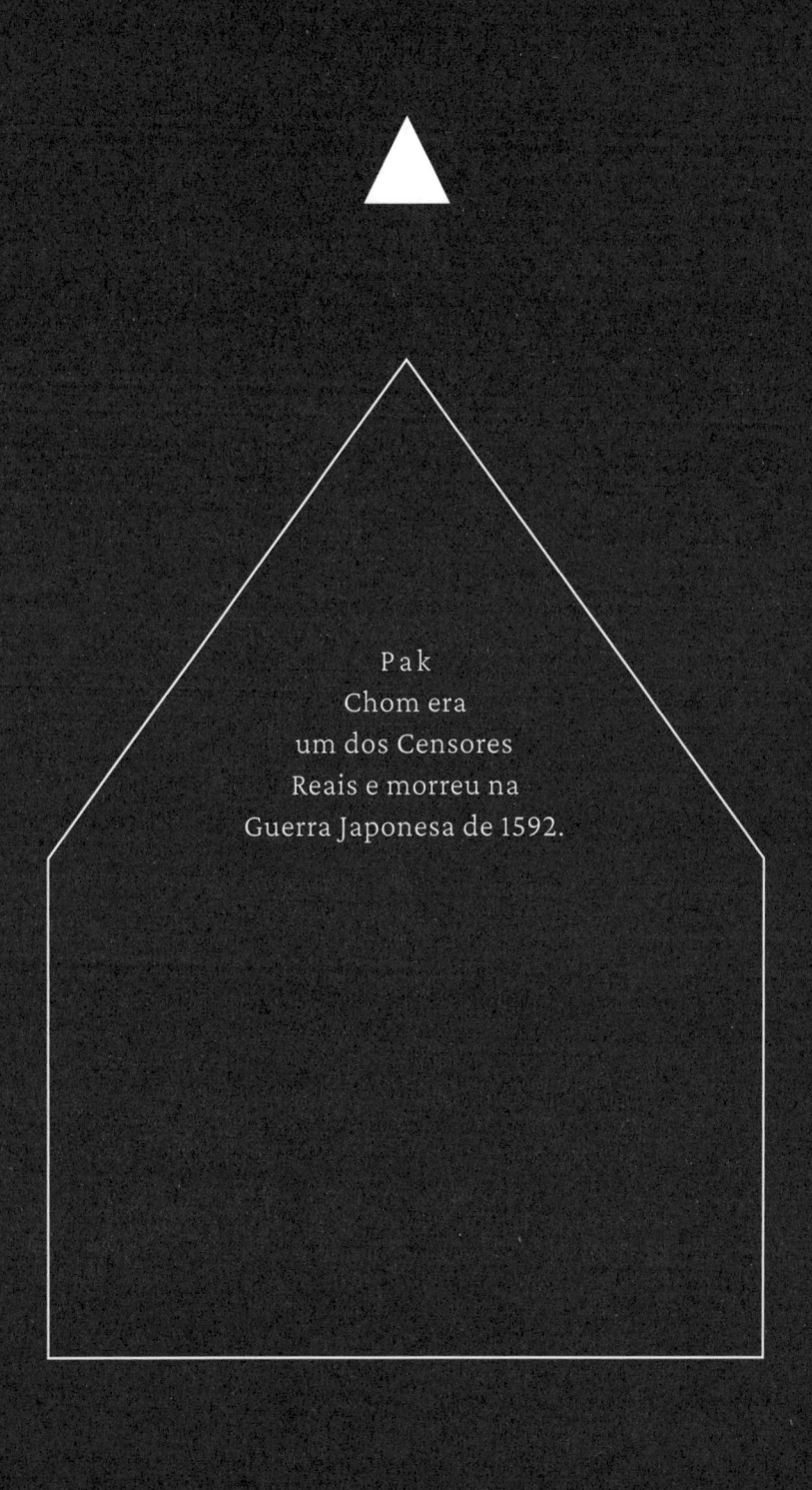

Pak
Chom era
um dos Censores
Reais e morreu na
Guerra Japonesa de 1592.

No
condado
de Yonan,
na província de
Hwanghae, havia um
certo graduado em litera-
tura cujo nome eu esqueci. Ele
adoeceu um dia e permaneceu em
seu quarto, apoiando-se de modo desam-
parado em seu encosto. De repente, vários
soldados espirituais apareceram para ele, dizendo:
— O Governador do baixo inferno ordenou a sua
prisão.

Então, amarraram-no com uma corrente no pescoço e leva‑
ram-no embora. Viajaram por muitas centenas de quilômetros até que, enfim, chegaram a um lugar com um muro muito alto. Os espíritos levaram-no para dentro das muralhas e seguiram adiante por uma longa distância.

Havia dentro desse local uma estrutura grande cuja altura atingia o céu. Chegaram ao portão; os espíritos que o seguravam conduziram-no para dentro e, quando entraram no pátio interior, deitaram-no de bruços.

Olhando para cima, avistou o que parecia ser um Rei sentado em um trono; agrupados em torno dele, de cada lado, estavam os oficiais assistentes. Havia também dezenas de secretários e soldados indo e vindo com incumbências urgentes. A aparência do Rei era muito terrível, e suas ordens eram de encher a pessoa de temor. O graduado sentiu o suor nas suas costas e não se atreveu a olhar para cima. Dali a pouco, um secretário veio à frente e parou diante do trono para transmitir as ordens.

— De onde você vem? Qual é o seu nome? Quantos anos você tem? Como ganha a vida? Diga-me a verdade agora, sem dissimulação — per‑
guntou o Rei.

— O nome do meu clã é tal, e o meu nome de batismo é tal. Sou muito velho e vivo há várias gerações em Yonan, na província de Hwanghae. Sou estúpido e despreparado por natureza, por isso nunca fiz nada de especial. Ouvi dizer por toda a minha vida que, se você recitar suas preces com amor e piedade no coração, escapará do inferno, então dediquei meu tempo invocando Buda e distribuindo esmolas – respondeu o erudito, morrendo de medo.

O secretário, ouvindo isso, foi imediatamente contar para o Rei. Depois de algum tempo, voltou com uma mensagem que dizia: "Aproxime-se dos degraus, pois você não é a pessoa procurada. Acontece que vocês têm o mesmo nome e, portanto, foi preso injustamente. Pode ir agora".

O erudito juntou as mãos e fez uma profunda reverência. Mais uma vez, o secretário transmitiu uma mensagem do Rei, que dizia: "Minha casa, quando na terra, estava em tal lugar em tal e tal parte de Seul. Quando você voltar, quero mandar uma mensagem através de você. Minha vinda aqui é longa, e o casaco que uso está em frangalhos. Peça ao meu pessoal que me mande um novo casaco. Se fizer isso, ficarei muito agradecido, então veja se não esquece".

O erudito disse:

— A mensagem de Vossa Majestade, que me foi dada de forma direta, transmitirei sem falta, mas os caminhos entre os dois mundos, o mundo escuro e o mundo luminoso, são tão diferentes que, quando eu der a mensagem, os ouvintes dirão que estou falando coisas absurdas. Certo, vou fazer exatamente como ordenou, mas e se eles se recusarem a ouvir? Eu deveria dar alguma evidência como prova, para me ajudar.

— Suas palavras são verdadeiras, muito verdadeiras. Isto irá ajudá-lo: quando estava na Terra – disse o Rei –, um dos botões de cabeça[2] que eu usava no chapéu se quebrou na ponta, e eu o escondi no terceiro volume do *Livro de História*. Só eu sei disso, e ninguém mais no mundo. Se der isso como prova, eles ouvirão.

— Isso será satisfatório, mas, de novo, como devo agir caso eles façam o casaco novo? – perguntou o erudito.

---

[2] O botão de cabeça é uma insígnia de patente, logo, é uma herança valiosa em uma casa coreana. (N. do A.)

— Prepare um sacrifício, ofereça o casaco no fogo, e ele me alcançará — foi a resposta.

Ele disse adeus então, e o Rei enviou com ele dois guardas. O erudito perguntou aos soldados, assim que saíram, quem era aquele sentado no trono.

— Ele é o Rei do Submundo — disseram. — Seu sobrenome é Pak, e o seu nome de batismo é Woo.

Chegaram à margem de um rio, e os dois soldados o empurraram na água. Ele acordou assustado e descobriu que estivera morto por três dias.

Quando se recuperou de sua doença, foi para Seul, procurou a casa indicada e fez uma investigação minuciosa sobre o nome, descobrindo que era ninguém mais ninguém menos que Pak Woo. Este tinha dois filhos, que nessa época estavam formados e já ocupavam cargos. O homem graduado queria ver os filhos desse Rei do Submundo, mas o porteiro não o deixou entrar. Portanto, ele ficou diante do portão vermelho, esperando sem poder fazer nada até o sol se pôr. Depois, saiu dos aposentos interiores da casa um velho criado, cujo patrão o erudito pediu fervorosamente para ver. Diante dessa solicitação, o criado voltou e informou o patrão, que, pouco depois, mandou o homem entrar. Ao fazê-lo, viu dois cavalheiros que pareciam ser chefes. Fizeram-no sentar-se e então o questionaram para saber quem ele era e o que tinha a dizer.

— Sou um estudante vivendo no condado de Yonan, na província de Hwanghae. Em um determinado dia, morri e fui para o outro mundo, onde o seu excelentíssimo pai me deu esta e aquela incumbência — respondeu ele.

Os dois ouviram por um tempo e, depois, sem esperar para saber tudo o que ele tinha a dizer, ficaram muito bravos e começaram a repreendê-lo, dizendo:

— Como um cabeça oca como você se atreve a entrar na nossa casa e dizer esse tipo de coisa? Você está falando bobagens e disparates! Botem-no para fora! — gritaram para os servos.

Ele, no entanto, retrucou, dizendo:

— Eu tenho uma prova; escutem! Se for mentira, podem me botar para fora então.

— Que tipo de prova você poderia ter? — disse um dos dois.

Nesse momento, o estudioso contou, com a maior exatidão e cuidado, a história do botão de cabeça.

Os dois, espantados com isso, mandaram pegar o livro e examiná-lo e, de fato, no Vol. III do *Livro de História*, estava o referido botão. Nem um único detalhe havia falhado. O objeto provou ser um botão que eles perderam após a morte do pai e que procuraram em vão.

Aceitando a mensagem agora como verdadeira, entraram em um período de luto.

As mulheres da família também chamaram o erudito e perguntaram-lhe o que ele vira especificamente. Assim, fizeram o casaco, escolheram um dia e ofereceram-no ao fogo diante do altar ancestral. Três dias após o sacrifício, o erudito sonhou – e a família de Pak também – que o Rei do Submundo viera e agradecera a cada um deles pelo casaco. Eles mantiveram o erudito em sua casa por muito tempo, tratando-o com muito respeito, e tornaram-se seus grandes amigos para sempre.

Pak Woo era um bisneto do Ministro Pak Chom. Enquanto exerceu suas funções, foi honesto e justo, além de ter sido altamente homenageado pelo povo. Quando era Presidente da Câmara de Haeju, houve uma disputa entre ele e o Governador, que novamente comprovou que Pak era um homem honesto.

Quando eu estava em Haeju, Choi Yu-chom, um homem formado, contou-me esta história.

As experiências de Hong no submundo

Hong
Nae-beom
era um gra-
duado militar
que nasceu no ano de
1561 e viveu na cidade de
Pyongyang. Passou nos exames
em 1603 e, no ano de 1637, atingiu o
Terceiro Grau. Tinha 82 anos em 1643, e,
no memorial do Rei, seu filho Son pediu que
o pai recebesse uma classificação apropriada à sua
idade. Naquela época, um certo Han Hong-kil era chefe
dos Secretários Reais e recusou-se a transmitir o pedido à
Sua Majestade; mas, em 1644, quando o Príncipe Herdeiro estava
retornando de seu exílio na China, ele veio pelo caminho de Pyongyang. Son aproveitou para fazer o mesmo pedido ao Príncipe Herdeiro. Sua Alteza recebeu a súplica e fez com que fosse levada ao conhecimento do Rei. Em consequência, Hong recebeu a patente de Segundo Grau.

Ao recebê-lo, disse:

— Este ano, morrerei.

Pouco tempo depois, ele morreu.

No ano de 1594, Hong adoeceu de febre tifoide e, após dez dias de sofrimento, morreu. Prepararam seu corpo para o enterro e o colocaram em um caixão. Depois, os amigos e parentes foram embora, e a esposa dele ficou sozinha no comando. De repente, o corpo virou-se e caiu com um baque no chão. A mulher, assustada, desmaiou, e os outros membros da família vieram correndo socorrê-la. A partir desse momento, o corpo retomou suas funções, e Hong reviveu. Ele disse:

— No meu sonho, fui a uma determinada região, um lugar aterrorizante, onde havia muitas pessoas ao redor e ogros terríveis, alguns deles com cabeças de touro e outros com rostos de animais selvagens.

Aglomeraram-se, pularam e lançaram-se em minha direção, vindos de todas as partes. Um escriba vestido de preto sentou-se em uma plataforma e dirigiu-se a mim, dizendo: "Existem três religiões na Terra: Confucionismo, Budismo e Taoísmo. De acordo com o Budismo, você sabe que o céu e o inferno são lugares decididos pelas boas e más ações do homem. Você sempre blasfemou contra Buda e negou a possibilidade de uma vida futura, agindo sempre como se soubesse de tudo, vociferando e brigando. Agora, será enviado para o inferno, e nem em dez mil kalpas[3] sairá dele".

"Em seguida, vieram dois ou três agentes da lei carregando lanças e me levaram. Gritei: 'Vocês estão errados, estou sendo condenado injustamente!'. No momento exato, um certo Buda, com um rosto de ouro reluzente, veio sorrindo na minha direção e disse: 'Há realmente um erro em algum lugar; este homem deve atingir a idade de oitenta e três anos e tornar-se um oficial do Segundo Grau antes de morrer'. Então, dirigindo-se a mim, perguntou: 'Como é que você veio parar aqui? A ordem era que um certo Hong de Jeonju fosse preso e trazido aqui, não você; mas, já que está aqui, dê uma boa olhada no lugar antes de ir e depois conte ao mundo o que viu'.

"Os guardas, ao ouvirem isso, pegaram-me pela mão e levaram-me primeiro a uma prisão, onde havia uma placa afixada, com os dizeres: *Instigadores de contenda*. Vi nessa prisão um grande abismo em formato de braseiro, construído com pedras e repleto de fogo. Chamas e labaredas surgiram dele. Os instigadores de contenda foram pegos e forçados a sentar-se perto desse abismo. Vi então um guarda infernal pegar uma longa haste de ferro, aquecê-la na brasa e arrancar os olhos dos culpados. Também vi que os infratores estavam pendurados como peixes secos. Os guias que me acompanhavam disseram: 'Enquanto estavam na Terra, estes não amaram seus irmãos, mas viram os outros como inimigos. Zombaram das leis divinas e buscaram apenas ganhos egoístas, por isso estão sendo punidos.

"O próximo inferno tinha a inscrição *Mentirosos*. Nesse inferno, vi uma coluna de ferro de vários metros de altura e grandes rochas posicionadas diante dela. Os infratores eram chamados e obrigados a se ajoelhar

---

3   Kalpa significa uma era budista. (N. do A.)

em frente à coluna. Vi, então, um carrasco pegar uma faca e abrir um buraco nas línguas dos criminosos, passar uma corrente de ferro em cada língua e pendurá-las na coluna, de modo que os infratores ficaram presos pela língua a vários metros do chão. Depois, uma pedra era trazida e amarrada aos pés de cada culpado. Com as pedras puxando para baixo e as correntes presas à coluna, suas línguas eram arrancadas com cerca de meio metro de comprimento e seus olhos reviravam nas órbitas. Suas agonias eram insuportáveis. Os guias voltaram a dizer: 'Estes infratores, quando na terra, usavam suas línguas habilmente para contar mentiras e criar contendas entre amigos, por isso estão sendo punidos'.

"O próximo inferno tinha a seguinte inscrição: *Corruptos*. Vi nele dezenas de pessoas. Havia ogros cortando a carne dos corpos delas e alimentando demônios famintos. Estes comiam e comiam, e a carne era cortada e cortada até restarem apenas ossos. Quando os ventos do inferno sopravam, a carne voltava; em seguida, cobras de metal e cães de cobre aglomeravam-se para mordê-los e sugar seu sangue. Seus gritos de dor faziam a terra tremer. Os guias disseram-me: 'Quando estes infratores estavam na Terra, ocupavam altos cargos e, enquanto fingiam ser verdadeiros e bons, recebiam suborno em segredo e eram praticantes de todo o mal. Como Ministros de Estado, comiam a gordura da terra e sugavam o sangue do povo; não obstante, anunciavam-se como benfeitores e eram muito aplaudidos. Embora na prática vivessem como ladrões, fingiam ser santos como Confúcio e Mêncio o são. Eram enganadores do mundo e ladrões, por isso estão sendo punidos assim'.

"Os guias disseram em seguida: 'Não é necessário que você veja todos os infernos'. Depois, disseram uns aos outros: 'Vamos levá-lo adiante e mostrar-lhe' Então, foram um pouco para o sudeste. Havia uma casa enorme com uma placa pintada assim: *O Lar dos Bem-aventurados*. Quando olhei, havia lindas auréolas em volta dela, bem como nuvens de glória. Havia centenas de sacerdotes de batina e sobrepeliz. Uns carregavam flores de lótus recém-desabrochadas; alguns estavam sentados como Buda; outros estavam lendo orações.

"Os guias disseram: 'Estes, quando estavam na Terra, mantiveram a fé e, com corações indivisos, serviram a Buda, logo, escaparam dos Oito Sofrimentos e dos Dez Castigos, estando agora no lar dos felizes, que se chama céu'. Após vermos todas essas coisas, retornamos. O Buda de rosto dourado disse para mim: 'Não são muitos na Terra que acreditam em Buda e poucos conhecem o céu e o inferno. O que acha disso?'.

"Eu fiz uma reverência solene e o agradeci.

"Então, o escriba vestido de preto disse: 'Estou mandando este homem embora; conduzam-no até a saída em segurança'. Os soldados espirituais levaram-me com eles e, no caminho, acordei assustado e descobri que estivera morto por quatro dias."

O espírito de Hong estava cheio de orgulho com esse relato, e ele frequentemente se gabava disso. Sua idade e a patente de Segundo Grau vieram exatamente como Buda havia previsto.

Sua experiência, infelizmente, foi usada como um meio para enganar as pessoas, pois o Homem Superior não fala dessas coisas estranhas e fantásticas.

Yi Tan, um chinês do Reino Song, costumava dizer que: "Se não há céu, céu não há, mas, se houver, somente o Homem Superior poderá alcançá-lo. Se não há inferno, inferno não há, mas, se houver, o homem mau deverá herdá-lo".

Nota: se examinarmos a história de Hong, embora pareça uma lorota para enganar o mundo, é realmente uma história que desperta a pessoa para as boas ações. Eu, Im Bang, resgistrei-a como Toi-chi, com os dizeres: "Não encontrem falhas na história, mas aprenda a sua lição".

Casas mal-assombradas

Vivia
certa vez
um homem
em Seul chamado
Yi Chang, que contava
com frequência, como uma
experiência pessoal, a seguinte
história: ele era pobre e não tinha
casa própria, então vivia muito em alo-
jamentos emprestados por outras pessoas.
Quando a necessidade apertava, ia até mesmo para
casas mal-assombradas e morava nelas. Uma vez, após
não conseguir encontrar um lugar, ouviu dizer que havia, ao
pé da Montanha do Sul, uma casa em Mokgol (Cidade da Tinta,
um dos distritos de Seul) que havia sido assombrada por gerações e,
agora, estava vazia. Chang investigou o assunto e, por fim, decidiu tomar
posse do local.

    Primeiramente, para descobrir se ela era de fato mal-assombrada ou não, chamou seus irmãos maiores, Yi-Hyu e Yi-Ha, e cinco ou seis de seus parentes, pedindo-lhes que ajudassem a limpá-la e dormissem lá. A casa tinha um quarto superior que estava bem trancado. Olhando por uma fresta, via-se na sala uma cadeira de madeira e um suporte para ela; havia também uma velha harpa sem cordas, um par de sapatos gastos e algumas varas e pedaços de madeira. Não havia mais nada no quarto. A poeira estava espessa, como se tivesse sido acumulada ao longo de anos.

    O grupo, após beber vinho, sentou-se ao redor da mesa e divertiu-se com jogos, vendo a noite passar. Quando já era tarde, por volta da meia-noite, ouviram subitamente o som de harpas e uma grande multidão de vozes, embora as palavras fossem confusas e ininteligíveis. Era como se muitas pessoas estivessem reunidas, festejando em um banquete. O grupo conversou, então, sobre o que fazer. Um deles desembainhou uma espada e abriu um buraco na divisória que dava para a torre. No mesmo instante, apareceu do outro lado uma lâmina afiada vindo na direção deles. Era de cor azul. Com medo e pavor, desistiram de fazer mais interferências no local. Mas o som da harpa e a folia continuaram até de manhã. O grupo separou-se à luz do dia, retirou-se do local e nunca mais se atreveu a entrar.

Na Ala Sul, havia outra casa mal-assombrada que Chang desejava ocupar, então chamou seus amigos e irmãos mais uma vez para fazer um experimento e ver se estava realmente tomada por espíritos. Ao entrar, encontraram dois cães lá dentro, um preto e outro castanho, deitados na varanda aberta, um em cada extremidade. Tinham olhos vermelhos como o fogo e, embora o grupo tenha gritado com eles, não se moveram. Também não latiram nem morderam. Porém, quando chegou a meia-noite, esses dois animais se levantaram, desceram para o pátio e começaram a latir para o céu escuro de modo muito ameaçador. Foram pulando para a frente e para trás. Naquela hora, também apareceu alguém na esquina da casa vestindo roupas cerimoniais. Os dois cães foram até ele com grande prazer, pulando de alegria por sua chegada. Ele subiu até a varanda e sentou-se. Imediatamente, cinco ou seis demônios multicoloridos apareceram e curvaram-se diante dele, em frente ao espaço aberto. O homem conduziu então os demônios e os cães duas ou três vezes ao redor da casa. Eles correram para a varanda e saltaram de novo para o pátio; iam e vinham para a frente e para trás, até que, por fim, todos desapareceram misteriosamente. Os demônios entraram em um buraco embaixo do chão, enquanto os cães subiram para seus aposentos e foram deitar-se.

O grupo vira tudo isso na sala interior. Quando veio a luz do dia, examinaram o lugar e olharam através das rachaduras do piso, mas viram apenas uma peneira velha e usada e algumas vassouras descartadas. Foram atrás da casa e encontraram outra vassoura velha enfiada na chaminé. Ordenaram a um servo que fosse pegá-las e queimá-las. Os cães permaneceram deitados o dia todo, sem comer nem se mexer. Alguns da trupe queriam matar as bestas, mas estavam com medo, de tão assustadora que era a aparência delas.

Permaneceram na casa por mais uma noite, desejando ver se os mesmos fenômenos apareceriam. Novamente, à meia-noite, os dois cães desceram para o pátio e começaram a latir para o céu. O homem em trajes cerimoniais voltou e os demônios também, exatamente como no dia anterior.

O grupo, com medo e aversão, partiu na manhã seguinte e não se arriscou novamente.

Um amigo, ao ouvir esse relato de Chang, foi perguntar a Yi-Hyu e Yi-Ha, e eles confirmaram a história.

Há ainda outra história de um graduado que estava sem casa e sem lar que foi para uma residência assombrada em Mokgol, na qual ficava, segundo diziam, a torre de onde os sons misteriosos eram ouvidos. Abriram a porta, arrombaram a janela, pegaram a velha harpa, a cadeira dos espíritos, os sapatos e as bengalas e mandaram queimá-los. Antes que o fogo terminasse seu trabalho, um dos servos caiu e morreu. O graduado, vendo isso, com medo e consternação, apagou o fogo, devolveu as coisas e saiu da casa.

Novamente, houve outro sem-teto que tentou. À noite, uma mulher de saia azul desceu do sótão e agiu de maneira peculiar e misteriosa. Ao ver isso, o homem pegou seus pertences e foi embora.

Novamente, em South Kettle Town, havia vários lenhadores que, no início da manhã, estavam passando por trás da casa mal-assombrada, quando encontraram uma velha sentada chorando debaixo de uma árvore. Pensando que ela fosse um espectro maligno, um homem veio por trás e deu-lhe um golpe com sua foice. A bruxa correu para dentro da casa; sua altura parecia ser de apenas um côvado e um palmo.

Im,
o caçador

Im Gyeong-eop foi
um dos mais famosos
generais da Coreia, que lutou
em nome da China em 1628 contra
os Manchus. É hoje cultuado em muitas
partes da Coreia.

Quando
o General Im
Gyeong-eop era
jovem, vivia na cidade
de Dalrae. Nesses dias,
amava capturar animais e praticava com frequência a equitação e
a caça. Certa vez, saiu em uma excursão
para seguir o rastro do cervo das Montanhas
Wol-Iak. Trazia apenas uma espada e caçava a pé.
Enquanto perseguia o animal, foi até a Montanha Tai-
-paik. Lá, a noite o alcançou, e o caminho ficou escondido
pela escuridão. Havia abismos enormes e grandes elevações e
penhascos por todos os lados. Enquanto estava em profunda perplexidade, avistou um lenhador e perguntou-lhe onde ficava a estrada
e como fazer para chegar lá. O lenhador o guiou para um penhasco na
direção oposta.

— Lá — disse ele — há uma casa.

Im ouviu o lenhador e atravessou o cume mais distante. Ao se aproximar, encontrou apenas uma grande mansão revestida de azulejos, sem
qualquer casa ao redor. Entrou pelo portão principal, mas tudo estava
quieto e escuro, sem ninguém à vista. Era uma casa vazia, evidentemente
abandonada. Após viajar o dia todo pelas colinas, Im estava cheio de temo-
res e sentimentos horripilantes. Assim, encarou o lugar com desconfiança,
temendo haver ali duendes das colinas ou demônios das árvores, mas,
sem demora, alguém abriu a porta do quarto e gritou:

— Você dorme aqui? Já comeu alguma coisa?

Im deu uma olhada e descobriu que se tratava da mesma pessoa que
lhe indicara o caminho. Disse, em resposta:

— Ainda não comi nada e estou faminto.

Então, o homem abriu o armário de parede e trouxe-lhe vinho e carne. Estando com muita fome, comeu tudo. Depois, sentaram-se para conversar; passados poucos minutos, o lenhador se levantou, abriu o armário mais uma vez e tirou dele uma grande espada.

— O que você tem aí? Quer me matar? – perguntou Im.

O lenhador deu risada e disse:

— Não, não, mas esta noite há algo que vale a pena ver. Gostaria de vir comigo, sem medo?

— É claro que não tenho medo; quero ver – disse Im.

Já era por volta de meia-noite, e o lenhador, de espada na mão, pegou Im e foi para uma direção, passando por uma série de portões aparentemente sem fim. Finalmente, chegaram a um lugar onde as luzes refletiam na água de uma lagoa. Havia um alto pavilhão no meio do lago, e do seu interior é que vinham as luzes. Havia sons também, de riso e conversa, que vinham dos andares superiores. Pelas portas de correr, conseguia identificar duas pessoas sentadas juntas. Havia outro pavilhão à direita do lago e uma grande árvore perto dele, na qual o lenhador pediu para Im subir.

— Quando estiver lá em cima – disse ele –, pegue seu cinto, amarre-se bem ao tronco e fique totalmente parado.

Im subiu na árvore conforme as instruções e garantiu sua segurança. Dessa posição olhou atentamente, e a primeira coisa que avistou foi o lenhador dando um pulo que ultrapassou o lago e o fez aterrissar no pavilhão. Ele imediatamente subiu até o andar superior, e então Im conseguiu distinguir três pessoas sentadas, rindo e conversando. Ouviu o lenhador dizer ao vizinho depois de beber:

— Já fizemos a nossa aposta, agora vamos ver.

— Vamos fazer assim, então – respondeu o homem.

Depois, ambos se levantaram, desceram até a entrada e pularam em pleno ar, desaparecendo de vista. Nada era reconhecível agora, exceto batidas de ferro e clarões de fogo, que permaneceram por um bom tempo.

Ao contemplar isso do alto da árvore, onde estava posicionado, seus ossos congelaram e seus cabelos arrepiaram-se até o último fio. Não sabia o que fazer. Então, um momento depois, ouviu algo cair no chão com um grande baque. Um grito de vitória surgiu também, e ele reconheceu a voz do lenhador. Calafrios percorreram todo o seu corpo, e sua pele ficou arrepiada; somente após um bom tempo ele pôde se controlar. Desceu da árvore, e o lenhador foi ao seu encontro, pegou-o pelo braço e saltou até o pavilhão. Lá, encontrou uma linda mulher com o cabelo como nuvens felpudas. Antes da luta, a voz da mulher estava evidentemente cheia de hilaridade, mas agora foi tomada pela dor e pelas lágrimas.

O lenhador falou grosso com ela, dizendo:

— Não sabe que você, uma mulher perversa, causou a morte de um grande homem?

Disse também o lenhador a Im:

— Você tem coragem e bravura em seu caminho, mas isso não é suficiente para conhecer um mundo como este. Agora lhe darei esta mulher e esta casa, para que possa se despedir do mundo caduco e viver aqui em paz e sossego pelo resto de seus dias.

— O que eu vi esta noite não consigo entender. Gostaria de saber o que está acontecendo; diga-me, por favor. Após ouvir, farei o que pede – respondeu Im.

— Eu não sou um mero mortal do mundo, mas um fora da lei das colinas e dos bosques. Sou um ladrão, na verdade, e graças ao roubo tenho várias casas como esta. Não apenas aqui, mas em todas as províncias tenho casas abundantes, com uma linda mulher em cada e comida farta e delicada. Inesperadamente, esta mulher me trocou por outro homem, e eles juntos tentaram me matar várias vezes. Não tendo outra escolha, tive de matá-lo. Matei o homem, mas devia era ter matado a mulher, mesmo. Tire, então, este lugar das minhas mãos, e a mulher também, sim? – disse o lenhador.

— Quem era o homem e onde ele vivia? – perguntou Im.

— Havia – disse o lenhador – grandes possibilidades nele, embora vivesse humildemente dentro do Portão Sul de Seul e vendesse rapé. Ele vinha aqui com frequência, e eu sabia, embora fizesse vista grossa até eles tentarem me matar; isso trouxe as coisas à tona. Não era meu desejo matá-lo.

Aqui, o lenhador caiu em prantos.

— Ai de mim! Ai de mim! – disse ele. – Matei um homem grande e talentoso. Pense bem – disse –, você tem coragem, mas não o suficiente para deixar qualquer marca no mundo. Você falhará no meio do caminho, as Moiras assim o decidiram. Abra mão de quaisquer ambições vãs, pois não há como seu nome se tornar famoso. Faça o que eu digo, então, e assuma esta mulher e esta casa.

Im, no entanto, balançou a cabeça e disse:

— Não posso fazer isso.

— Por que não? Se não quer, não haverá outra alternativa para esta mulher senão a morte, acabarei com isso de uma vez por todas.

Ele golpeou-a com uma espada e cortou a cabeça dela.

No dia seguinte, disse a Im:

— Já que você está determinado a ir e ser valente, não posso impedi-lo, mas, se um homem sai assim e não sabe usar a espada, está perdido e à mercê dos inimigos. Fique um pouco comigo e aprenda. Eu lhe ensinarei.

Im ficou por seis dias e aprendeu a usar a espada.

*A mágica
invasão
de Seul*

Um
c a v a -
lheiro de Seul
estava certo dia
cruzando o rio Han em
um barco. Na travessia,
cochilou por um momento,
adormeceu e teve um sonho. Nesse
sonho, encontrou um homem que tinha
sobrancelhas góticas e olhos amendoados,
cuja face era vermelha como tâmaras maduras
e cuja altura era de oito côvados e um palmo. Estava
vestido de verde e tinha uma longa barba que descia até o
cordão do cinto. Era um homem de aparência majestosa, com
uma grande espada na lateral e um cavalo vermelho.

Ele pediu ao cavalheiro para abrir a mão, o que este fez; depois, o respeitável estranho traçou uma marca de tinta nela como um sinal do Deus da Guerra.

— Quando você cruzar o rio, não vá direto a Seul, mas espere no ancoradouro. Em breve, aparecerão sete cavalos, carregando cestos de rede, todos em viagem para a capital. Você deve chamar os cavaleiros, abrir a mão e mostrar-lhes a marca. Quando virem, cometerão suicídio na sua presença. Depois, você deve pegar as cargas e empilhá-las, mas não olhe para elas. Então, deve ir imediatamente relatar o assunto ao palácio e queimar tudo. O assunto é de extrema importância, por isso, não cometa o menor erro – disse ele.

O cavalheiro teve um grande sobressalto e acordou. Olhou para a sua mão e lá estava, de fato, a marca estranha. Além disso, a tinta ainda não havia secado. Ele ficou surpreso além da conta, mas fez o que o sonho havia indicado e esperou na margem do rio. Dali a pouco, chegaram, exatamente como avisado, as sete cargas em sete cavalos, vindos do extremo

Sul. Havia empregados no comando, e um homem vestindo um casaco oficial vinha atrás. Quando cruzaram o rio, o cavalheiro os chamou e disse:

– Tenho algo a dizer a vocês; venham para perto de mim.

Esses homens, desavisados, embora com olhares um tanto quanto assustados, aproximaram-se. Ele então lhes mostrou a mão com a marca e perguntou-lhes se sabiam o que era. Quando viram, a princípio, o homem do casaco oficial virou-se e, com um pulo, saltou do penhasco para o rio. Os oito ou nove que acompanhavam as cargas também correram atrás dele e jogaram-se na água.

O estudioso chamou então o barqueiro e explicou-lhe que as coisas nos cestos eram perigosas, que ele deveria avisar isso no palácio e que, nesse ínterim, deveriam manter uma guarda reforçada, mas sem tocá-los ou olhar para eles.

Ele correu o mais rápido que pôde e relatou o assunto para a Junta de Guerra. A Junta enviou um oficial e fez com que as cargas fossem transportadas para Seul e, depois, como foram instruídos, empilharam-nas com madeira e incendiaram-nas. Quando o fogo cresceu, os cestos se abriram e pequenas figuras de homens e cavalos, com cerca de dois centímetros cada, em números incontáveis, saíram rolando.

Quando os oficiais viram isso, ficaram paralisados com medo; seus corações pararam de bater e suas línguas caíram. Em pouco tempo, contudo, os cestos foram todos queimados.

Estes eram a criação de um mago e estavam destinados a uma invasão de monstros em Seul, até serem avisados por Gwan.

Desse momento em diante, o povo de Seul começou a fazer ofertas fiéis ao Deus da Guerra, pois não fora ele quem salvara a cidade?

O pequeno duende horroroso

Houve
motivo
para uma cele-
bração na casa de um
nobre de Seul, para a qual
um banquete foi preparado, com
todos os amigos da família. Havia uma
grande multidão de homens e mulheres. Na
frente dos aposentos das mulheres, apareceu de
repente um menino de 15 anos de idade, despenteado
e feio. O anfitrião e os convidados, pensando que ele era um
trabalhador que tinha vindo no comboio de algum visitante, não
perguntaram especificamente sobre ele, mas uma das convidadas, vendo-o nos aposentos internos, enviou um criado para repreendê-lo e colocá-lo para fora. O menino, porém, não se mexeu, então o servo disse a ele:

– Quem é você, afinal, e com quem veio, para entrar no quarto das mulheres e, mesmo quando lhe mandarem sair, não obedecer?

O menino, no entanto, permaneceu imóvel, exatamente como estava, sem nenhuma palavra de resposta.

O grupo olhou para ele com dúvida e começou a se perguntar quem ele era e com quem tinha vindo. Mais uma vez, mandaram o criado ir perguntar, mas ainda não houve resposta. As mulheres ficaram então muito zangadas e ordenaram que ele fosse expulso. Várias o agarraram e tentaram puxá-lo, mas ele era como uma rocha fixa, firme na terra, absolutamente imóvel. Em uma fúria impotente, chamaram os homens.

Os homens, ao saberem disso, enviaram vários criados fortes, que o agarraram de uma só vez, mas ele não moveu um fio de cabelo.

– Quem é você, afinal? – perguntaram, sem obter resposta. A multidão assim enfurecida enviou dez homens fortes com cordas para amarrá-lo, mas, como uma montanha enorme, ele permaneceu firme, de modo que todos reconheceram que ele não poderia ser movido por forças humanas.

– Mas, se ele também é humano, por que não pode ser movido?

– questionou um convidado.

Enviaram então cinco ou seis sujeitos enormes com bastões para fazê-lo em pedaços, e eles foram adiante com toda a sua força. Parecia que ele seria esmagado como uma casca de ovo, visto que o som das pancadas era como o de um trovão reverberante. Porém, assim como antes, não moveu um fio de cabelo e nem deu uma piscadela.

Então, a multidão começou a ficar com medo, dizendo:

– Este não é um homem, mas um Deus.

Entraram no pátio, um por um, e começaram a se curvar diante dele, juntando as mãos e suplicando fervorosamente. Continuaram fazendo isso por um bom tempo.

Por fim, o rapaz deu um sorriso sarcástico, virou-se, saiu pelo portão e desapareceu.

O grupo, totalmente apavorado, cancelou o banquete. Daquele dia em diante, as pessoas daquela casa adoeceram, incluindo o anfitrião e os convidados. Aqueles que o repreenderam, aqueles que o amarraram com cordas, aqueles que o esmurraram... todos morreram em poucos dias. Outros membros do grupo, da mesma forma, contraíram febre tifoide e doenças afins e também morreram.

Era comum dizer que o menino era o Espírito Too-uk, mas não podemos afirmar com certeza. Estranho, de fato!

Nota: quando chega a hora de um clã desaparecer da Terra, a calamidade cai sobre ele. Ainda que um grande espírito tenha entrado pela porta em tal hora festiva, se os convidados tivessem seguido o que Confúcio sugere – "Seja reverente e distante" – em vez de insultá-lo e torná-lo mais maligno do que nunca, teriam escapado. Não obstante, demônios e homens nunca foram destinados a conviver.

O caminho do divino

Em uma
certa cidade,
vivia um homem
de temperamento feroz
e disposição ingovernável, o
qual, em momentos de raiva, costumava bater na mãe. Um dia, após ser
espancada, ela gritou:
– Ó Divindade, por que você não mata esse
homem perverso que bate na própria mãe?
Quando terminou de bater, o filho enfiou a foice no
cinto e foi lentamente para os campos, onde foi abordado por
um vizinho que estava trabalhando na colheita de trigo sarraceno.
O dia estava bom; e o céu, lindamente claro. De repente, uma mancha
escura de nuvem apareceu no meio do céu e, pouco depois, ele ficou todo
preto. Trovões furiosos vieram em seguida, e a chuva caiu. As pessoas da
aldeia olhavam para o campo, onde os relâmpagos eram especialmente
perceptíveis. Pareciam ver ali um homem com a foice erguida tentando
afastá-los. Quando a tempestade passou, foram conferir e eis que encontraram o homem que havia espancado sua mãe morto e despedaçado.

    O divino toma nota dos malfeitores da Terra e trata-os como mere-
cem. Ó, quão grandemente devemos temer!

O velho no sonho

Kwon
Jae era
um homem
de alta patente e
idade avançada. Era,
no entanto, muito dado
à prática de esportes e vários
tipos de prazer. Certa noite, ele teve
um sonho, no qual um velho vinha até
ele, fazia uma reverência solene e dizia com
lágrimas nos olhos:

– Senhor, o Ministro Hong deseja matar a mim e a toda a minha prole. Por favor, salve-me!

– Como poderia salvá-lo? – perguntou Kwon.

– Hong certamente pedirá a Vossa Excelência para ajudá-lo. Não aceite, por favor, pois, se lhe negar ajuda, Hong vai desistir, e eu e os meus sobreviveremos – respondeu o velho.

Pouco depois, houve uma batida na porta; Kwon acordou e disse:

– Quem vem lá?

Era Hong, que, naquele dia, planejara uma excursão ao Lago Lótus para pegar tartarugas e, agora, viera especialmente para convidar Kwon a acompanhá-lo.

Então, Kwon soube que a tartaruga lhe aparecera em sonho na forma de um velho, logo, declinou o convite, dizendo que estava doente. Descobri depois que Hong também acabou não indo.

O sacerdote perfeito

Havia
certa vez
um sacerdote
chamado Namnu,
que aperfeiçoara seus
caminhos na doutrina
budista. Sempre que tinha roupas suas, ficava despido de bom grado
para dá-las àqueles que sentiam frio. Seu
espírito era gentil, sem vincos ou arestas.
Todos, superiores e inferiores, ricos e pobres, cha-
mavam-lhe pelo apelido de "Coração Mole". Sempre
que via alguém sentenciado ao açoitamento no templo ou
no escritório oficial, Namnu invariavelmente implorava para que
pudesse ocupar o lugar do culpado. Certa vez, quando havia um grande
trabalho em andamento no Templo de Pagoda – e muitos altos funcionários estavam reunidos –, Coração Mole também foi visto ajoellhando-se
ao lado e participando. De repente, ele comentou com o Príncipe Hong
de Yonsan:

— Você é realmente um grande homem.

— O que você quer dizer com "grande homem", seu fedelho imprudente? Tome isto! – respondeu Hong, dando-lhe um soco na orelha.

Coração Mole riu e disse:

— Por favor, Hong, não faça isso, que dói! Dói!

Posteriormente, eu estava na comitiva do Príncipe Yi de Yunsong, e outros oficiais superiores estavam presentes, quando paramos um pouco diante do templo. Coração Mole estava lá, olhou para Yi e disse:

— Conheço o seu rosto, mas esqueci o seu nome.

Depois, disse ainda:

— Oh, eu me lembro agora, você é Yi Sok-hyong!

Os sacerdotes do mosteiro que ouviram essa familiaridade ficaram escandalizados e apressaram-se para pedir intermináveis desculpas ao Príncipe, dizendo:

– Coração Mole nasceu assim, Deus o fez assim. Por favor, Vossa Excelência, perdoe-o.

O Príncipe o perdoou e, assim, ele não foi mais incomodado.

A gralha auspiciosa

As
pessoas
costumam
dizer que, quando
as gralhas fazem seus
ninhos diretamente ao sul
de uma casa, o proprietário da
residência será promovido no trabalho. Antigamente, o Rei Taejong tinha um
amigo que era muito pobre e que costumava
falhar em todos os seus projetos. Depois de várias
tentativas frustradas, ele decidiu esperar até que o Rei
saísse em procissão para, então, mandar um criado construir uma imitação de ninho de gralha em algum lugar propício
diante dele. O Rei, ao ver a cena, perguntou ao homem o que aquilo significava. Ele respondeu que, quando uma gralha faz seu ninho ao sul de uma casa, o dono é instantaneamente promovido. Seu mestre – ele disse – já havia esperado por muito tempo e não veio nada, então, estava construindo uma imitação do ninho para ver se funcionava. O Rei olhou-o com pena e ordenou, na mesma hora, sua nomeação.

 Quando eu era mais jovem, uma gralha construiu seu ninho em frente à nossa casa, mas eu e outros garotos cortamos o galho para que o ninho caísse todo no chão, e lá estavam todos os filhotes com suas lamentáveis boquinhas amarelas. Senti-me culpado e com receio de que eles morressem, então, em um lugar propício, ao sul, pendurei o ninho em uma árvore, onde todos os filhotes puderam viver, crescer e voar para longe. Naquele mesmo inverno, meu pai foi promovido a três cargos acima do seu, tornando-se, portanto, Primeiro-ministro.

 Algum tempo depois, construí uma casa de verão em Cheongpa, e, em frente à casa, diretamente ao sul, várias gralhas fizeram um ninho em uma tamareira. Eu tinha uma escrava que derrubou o ninho para usá-lo como lenha, mas, no ano seguinte, as aves fizeram outro. O ano seguinte era 1469, quando Yejong subiu ao trono. Naquele mesmo ano, fui promovido outra vez. Na primavera de 1471, as gralhas vieram e fizeram um ninho em uma árvore bem ao sul do meu escritório. Eu ri e disse:

— De fato, há alguma força espiritual nas gralhas, como diziam os homens dos tempos antigos e eu mesmo comprovei.

O "velho Buda"

Certa vez, o Primeiro-ministro Choi Yoondeok estava de luto pela sua mãe. Com apenas um cavalo e um criado, ele saiu em uma jornada para o sul, pegando uma estrada que passava pelo condado de Kai-ryong. Naquela mesma época, dois ou três magistrados do distrito haviam montado uma barraca na margem do rio e ficaram bebendo. Disseram uns aos outros:

— Quem é aquele homem de luto que passa por nós sem desmontar de seu cavalo? Deve ser um camponês que não aprendeu a ter boas maneiras. O que acham de darmos uma lição nele?

Enviaram um servente para prender o homem e tomar-lhe o criado, a quem perguntaram:

— A quem você serve?

— Eu sirvo a Choi, o velho Buda — respondeu ele.

— Mas qual é o nome verdadeiro dele? — perguntaram, em tom de exigência.

— O velho Buda — foi a resposta.

Então, eles ficaram muito irritados com essa resposta e disseram:

— Seu mestre nos ofendeu por não ter desmontado do cavalo ao passar por nós, e você nos ofendeu ao esconder o nome dele. Ambos, mestre e criado, são igualmente mal-educados.

Após dizerem isso, agrediram o criado na cabeça.

Assim, o criado resolveu revelar, vagarosamente:

— Ele é chamado de Choi, o Buda, mas seu verdadeiro nome é Yoondeok e, neste exato momento, ele está a caminho de sua casa no condado de Changwon.

Eles imediatamente reconheceram que o velho era ninguém mais ninguém menos que o Primeiro-ministro, e um grande medo tomou conta deles. Desmontaram a barraca, limparam os restos de alimentos e correram até o Primeiro-ministro para lhe fazer a mais respeitosa saudação e pedir perdão por seus pecados.

"O velho Buda" era um nome especial pelo qual esse famoso Ministro ficou conhecido.

Um remédio milagroso

O
Príncipe
Jeung tinha
sido o Primeiro-
-ministro de sua terra
por trinta anos. Era um
homem justo e íntegro, perto
de seus noventa anos de idade. Seu
filho chamava-se Whal, sendo o maior
exemplo para o povo depois de seu pai. Ambos
foram grandemente reconhecidos e renomados na
época em que viveram, e Sua Majestade os tratou com
uma consideração especial. A casa do Príncipe Jeung foi,
repentinamente, atacada por duendes e demônios, e, quando um
jovem guarda veio lhes socorrer, tais seres misteriosos atacaram-no
em plena luz do dia, arrancando e destruindo o chapéu que estava em sua
cabeça. Além disso, atiraram pedras e continuaram jogando-as até que
toda a corte fosse tomada pelo caos. O Príncipe Jeung conseguiu fugir e
foi morar em outra casa, onde preparou um remédio especial chamado
sal-kwi-hwan (pílulas-contra-demônios), que ele ofereceu em oração. A
partir daí, os duendes e os demônios foram embora e, mesmo depois de
uns cinco ou seis anos, não houve mais nenhum sinal de vida deles, tampouco nenhum indício de que um dia retornariam. Além disso, o Príncipe
Jeung fora fortemente curado de sua doença.

Mo, a fiel

O
Príncipe
Ha tinha um
escravizado que
era proprietário de
terras e vivia no condado
de Yangju. O escravizado tinha
uma filha, a mais bela de todas, a
quem dera o nome de Mo (Ninguém).
Sua beleza era inexplicável. An Yun era um
acadêmico notável, um exemplar homem de
letras. Quando viu Mo, apaixonou-se por ela e fez dela
sua esposa. Assim que o Príncipe Ha soube disso, ficou
furiosíssimo.

— Como é que você, uma escrava, ousa casar-se com um aristocrata? – perguntou ele a Mo.

Em seguida, ordenou que a sequestrassem e a levassem para casa, com a intenção de casá-la com um de seus escravizados. Mo ficou em prantos ao descobrir isso, sem saber o que fazer. Ao final, conseguiu fugir pulando o muro e reencontrou An. Ele ficou deveras encantado ao vê-la, mas, diante do velho Príncipe, não sabia o que fazer. Juntos, fizeram um juramento para nunca mais se separarem, mesmo que isso lhes custasse a vida.

Mais tarde, o Príncipe Ha, ao saber o que tinha ocorrido, ordenou que seus subordinados sequestrassem Mo mais uma vez. Depois disso, não houve sinal de vida dela, até que, um dia, Mo foi encontrada morta num quarto, pendurada pelo pescoço.

An enfrentou meses de tristeza. Certa vez, na calada da noite, estava voltando de um templo confucionista para a sua casa, que ficava no cume da montanha Naksan. Era início de outono e os cumes arbóreos brilhavam ao luar. Àquela altura, o mundo inteiro estava adormecido, então não havia ninguém caminhando por ali, com exceção de An, que estava absorto em pensamentos sobre Mo e repetindo, tristemente, versos de amor em memória à amada. Foi então que, de repente, An ouviu um passo suave vindo dentre os pinheiros. Cuidadosamente, foi averiguar o que era, e lá estava Mo. Ele sabia que sua amada morrera há muito tempo, então imaginou que estava tendo uma visão de seu espírito; porém, desesperado para revê-la e indo contra a razão, correu até ela e segurou sua mão, dizendo:

– Como chegou aqui?

Mas ela desapareceu. An deu um alto grito e caiu em prantos. Por conta disso, adoeceu. Tamanha era a sua angústia que, ao tentar se alimentar, não conseguia engolir; pouco depois, morreu de coração partido.

Kim Champan, um amigo especial que tinha a mesma idade que eu, era primo de An e falava desta história com frequência. Yu Hyo-jang, sobrinho de An por casamento, também contou a história várias vezes. Ele dizia que:

– Mo foi fiel até a morte. Até mesmo para uma mulher dos literatos, que nascera e fora criada com tanta cerimônia, a morte é uma questão complicada; mas, para uma escravizada do mais baixo nível, que não tinha conhecimento algum sobre Cerimônia, Justiça, Verdade ou Devoção, como seria? Até o fim, por amor ao seu marido, manteve-se firme em sua pureza e abriu mão de sua vida sem pensar duas vezes. Entre os antigos mais fiéis que existiram, haveria algum capaz de superar Mo?

*Maeng,
o renomado*

Era
uma vez
um Ministro
do Estado cha-
mado Maeng Sa-song,
que, usando roupas sim-
ples, partiu para uma longa
viagem rumo ao sul. No caminho, a
chuva o pegou de surpresa, então ele foi
até um pavilhão para se proteger e descansar. Já
havia um jovem estudante por lá chamado Hwang
Eui-hon, o qual, com as mãos atrás das costas, estava
lendo versos escritos no quadro do pavilhão. Permaneceu
dessa forma por um bom tempo, como se não houvesse mais ninguém ali. Por fim, ele virou-se para o velho e disse:

— Bem, vovô, o senhor já chegou a apreciar versos como esses?

O famoso Ministro, fingindo ignorância, levantou-se e disse:

— Como é que eu, um velho homem do campo, conheceria versos como esses? Por favor, mostre-os para mim.

— Esses versos foram escritos por homens grandiosos do passado. Eles escreveram tudo o que viram e viveram para inspirar as almas que chegassem depois deles. São como imagens do mar e da terra, pois há imagens vivas na poesia, entende? – disse Hwang.

— Tem razão – disse o Ministro –, são versos maravilhosos. Mas, se não fosse por homens como você, como eu iria saber dessas coisas?

Pouco depois, vieram cavalos carregando todo tipo de coisa, servos e criados também – muitos deles –, mastros de tenda, telas e outros equipamentos; era uma longa comitiva.

Surpreso, Hwang questionou o que estava havendo, quando, para seu espanto, descobriu que o velho era ninguém mais ninguém menos que Maeng Sa-song. Automaticamente, ajoelhou-se em uma profunda e longa reverência. O Ministro riu e disse:

— Isso basta; não há diferença de valor entre os meros mortais, pois esses valores são altos e baixos de acordo com os pensamentos que os incitam, mas, infelizmente, todos nascem com um coração orgulhoso. Você não é um estudante comum; por que, então, estava tão orgulhoso no início e parece tão humilde agora?

O Ministro segurou-o pela mão, levou-o ao seu tapete, fê-lo sentar, confortou-o e mandou-o embora.

Os sentidos

Os
o l h o s
são redondos
como pedras pre-
ciosas para que possam
girar ao redor e ver as coisas;
os ouvidos têm buracos para que
possam ouvir; o nariz tem cavidades
para que possa sentir cheiro; e a boca é
horizontal e com aberturas para que possa
inspirar e expirar; a língua é como uma palheta
para que possa produzir sons e falar. Desses quatro, três
cumprem funções únicas, enquanto a boca cumpre duas
funções. Porém, o único órgão que é capaz de distinguir o bem
do mal é o coração, de modo que, sem ele, mesmo tendo olhos, você não consegue ver; mesmo tendo ouvidos, não consegue ouvir; mesmo tendo nariz, não consegue sentir cheiro; e, mesmo tendo boca, não consegue respirar. Por isso, costuma-se dizer que sem o coração "você vê sem enxergar e escuta sem ouvir".

*Quem decide,
o divino ou o Rei?*

O Rei
Taejong
estava des-
cansando no Palá-
cio de Heung-yang,
enquanto dois eunucos, do
lado de fora, debatiam se a lei
que governa as questões humanas
é regida por homens ou pelo divino. O
eunuco A disse:
— A riqueza e a honra estão todas nas mãos
do Rei.
— Você está enganado! – respondeu o eunuco B. – Cada
partícula de riqueza e cada grau de honra são ordenados pelo divino. Nem mesmo o próprio Rei tem participação ou poder nessas coisas.

Então eles discutiram, cada um achando que estava certo, sem nunca chegar a um acordo.

O Rei, ao escutar o que era dito, escreveu uma carta secreta, que dizia: "Promover o Portador desta carta". Selou-a e mandou o eunuco A entregá-la para Sejong, que era então encarregado desse ofício. O eunuco A fez uma reverência e partiu para a entrega, mas, quando estava prestes a sair do palácio, sentiu uma terrível dor de estômago, de modo que pediu ao eunuco B para substituí-lo e ir à cidade realizar a entrega.

No dia seguinte, quando o registro de promoções foi colocado diante do Rei, ele leu como o eunuco B tinha avançado e fora promovido, mas não havia uma palavra sobre o eunuco A.

O Rei Taejong fez uma investigação e, quando soube dos pormenores, teve um sobressalto e ficou pensativo por um bom tempo.

Três coisas dominadas

Havia
um parente
do Rei chamado
Im Sung-jong, que era
um homem dotado de sabe-
doria e determinação. Foi o primeiro
homem de sua época a tocar harpa. A respeito dele, o Rei Sejong dizia:
— A harpa de Im pertence a um único mestre e não
obedece a nenhum outro homem exceto ele.

Sua casa ficava do lado de fora do Portão Sul e, toda manhã, ele era visto ajoelhado na soleira da porta da frente, batendo as mãos nos joelhos de cima a baixo, hábito este que cultivou durante três anos. As pessoas não faziam ideia do que aquilo significava, então, instantaneamente, pensavam que ele era louco. No entanto, era assim que ele praticava os movimentos necessários para tocar sua harpa.

Além disso, ele passava dia e noite soprando e praticando com os dedos sem parar. Tamanha era sua obsessão que, quando alguém o chamava, até via as pessoas, mas não prestava a mínima atenção, como se não houvesse ninguém ali. Continuou assim por três anos, até aprender os movimentos para tocar flauta.

Era um homem de pouca massa muscular, sem tantos dons para a equitação ou para o arco e flecha. Com frequência, lamentava esse defeito, dizendo:

— Embora eu seja fraco, estúpido e não tenha habilidade alguma para lançar flechas de longo alcance, ainda hei de aprender a acertar o alvo em cheio. Por isso, também me dedicarei a praticar essa tarefa.

A partir daí, toda manhã ele pegava seu arco e flecha e ia para as colinas. Lá, praticava o dia todo, mantendo-se assim por três anos, até se tornar um renomado arqueiro. Já dá para imaginar o tipo de homem que ele era.

Acometido por uma morte bizarra

Havia
certa vez
um homem cha-
mado Kim Tok-saeng,
um mercenário que recebera
uma homenagem especial na
Corte de Taejong. Fora comandante do
supremo exército várias vezes e, em muitas de
suas campanhas, um amigo – a quem ele estimava
muito – o acompanhara. Uma noite, quando Kim já estava
morto há mais de dez anos, seu amigo acordou sobressaltado
gritando. Ele voltou a dormir, mas logo em seguida teve outro susto
que o fez gritar de novo. Sua esposa, preocupada, perguntou o que estava
havendo. O amigo respondeu:

– Acabei de ter um pesadelo com o general Kim montado num cavalo branco, carregando arco e flecha no seu cinto. Ele me chamou e disse: "Um ladrão acabou de invadir minha casa, e eu vim aqui para matá-lo". Ele foi e voltou; quando tirou uma flecha da aljava, vi que havia marcas de sangue nela. Ele disse: "Eu acabei de lançar esta flecha nele; está morto".

Assustados e preocupados, o marido e a esposa passaram a noite conversando sobre o que tudo aquilo poderia significar.

Pela manhã, o amigo foi à antiga casa do general Kim para averiguar. Lá, acabou descobrindo que, na mesma noite de seu pesadelo, a jovem viúva do general Kim decidiu casar-se novamente, mas, assim que seu noivo entrou em casa, uma terrível dor atingiu seu peito e, antes mesmo de amanhecer, ele agonizou até a morte.

A árvore misteriosa

A casa
do Príncipe
Paseong ficava
bem dentro do Portão
Leste, e, logo na frente
dela, havia uma grande árvore
misteriosa. Certa noite, o genro
do Príncipe estava caminhando pela
estrada que levava à frente do pavilhão dos
arqueiros. Lá, avistou um grupo de arqueiros,
uma verdadeira multidão, todos atirando juntos no
alvo. Pouco depois, viu-os praticando montaria, alguns
atirando lanças, uns arremessando bolas e outros atirando
enquanto estavam montados no cavalo, de modo que todo e qualquer canto da estrada à frente do pavilhão estava bloqueado. Alguns gritaram, quando o genro se aproximou:

— Vejam só aquele patife insolente! Como ele ousa passar por nós sem desmontar do cavalo?!

Amarraram-no e espancaram-no, não dando a mínima para os seus gritos por misericórdia, sem dó nem piedade de sua dor, até que um sujeito alto rebelou-se e gritou à multidão:

— Ele é meu mestre! Por que estão fazendo isso?

Ele desatou os nós, pegou-o pelo braço e levou-o para casa. Quando o genro alcançou o portão, olhou para trás e viu o sujeito desaparecer embaixo da árvore misteriosa. Percebeu, então, que aqueles arqueiros em bando eram espíritos, e não homens; que aquele sujeito alto que o defendeu era, também, um espírito; e que ele mesmo viera da própria árvore particular deles.

Tahong

Shin
Hee-su,
quando jovem,
estudou sob a tutela
de No Su-sin, que foi exilado para uma ilha distante no
oceano. Seguiu seu mestre até lá e
trabalhou nos Livros Sagrados. Fez sua
matrícula na universidade em 1570 e graduou-
-se em 1572. Em 1589, protestou contra as desordens
do reinado de Seon-jo e foi o instrumento para conter
uma grande perturbação nacional; porém, um dia, cometeu
uma gafe quando, em meio a risos, disse a um amigo:

— Essas ondas de gaivotas voam tão alto. Quem poderá domá-las?

Aqueles que ouviram puderam entender o que ele quis dizer, e isso acabou ferindo sua reputação, uma vez que indicava uma opinião desfavorável à Corte.

Em 1592, quando o Rei fugiu para Uiju, antes da invasão do exército japonês, ele foi Secretário Geral do Estado e, após o retorno do Rei, tornou-se Chefe de Justiça. Tentou abrir mão de seu cargo, mas o Rei não aceitou a sua renúncia, dizendo-lhe:

— Não consigo fazer isso sem a sua ajuda.

Então, ele tornou-se Chefe dos literatos e Assessor Especial. Pouco tempo depois, tornou-se Ministro da Direita, depois da Esquerda, momento em que escreveu dez sugestões para melhorias no reinado de Sua Majestade. Ele era capaz de ver as coisas erradas que eram feitas nesse reinado e tentou renunciar seu cargo novamente por várias vezes, mas era sempre convocado a retornar.

Em 1608, Im Suk-young, um jovem candidato que escrevia para obter sua matrícula, redigiu um ensaio expondo os erros da Corte. Shin descobriu isso e colocou o jovem sob sua proteção. O Rei, ao ler o ensaio, ficou furioso e ordenou o rebaixamento da patente de Im, mas Shin falou:

— Ele está comigo; eu me responsabilizo pelo que ele escreveu e aprovo seus dizeres; rebaixe a mim e não a ele.

E assim o Rei retirou sua ordem. Ele decidiu ser fiel aos fiéis.

Quando ele envelheceu, foi viver em Tunsan, numa cabaninha em ruínas, sendo o mais pobre dos literatos. Autointitulava-se "Trovoada Lamacenta", um nome derivado do *Livro das mutações*.

Ele morreu em 1622, aos 74 anos de idade, e ficou conhecido como um dos maiores patriotas da Coreia.

▲

Quando o Ministro Shin Hee-su era jovem, ele era tão bonito quanto mármore polido, branco como a neve e de feições compostas de uma harmonia rara. Aos 8 anos de idade, seu caráter já era excelente, como percebia o seu povo. O apelido do menino era Soondong (o endeusado). Desde que passou no primeiro exame, foi progredindo passo a passo até finalmente se tornar o Primeiro-ministro da região. Quando ficou velho, foi homenageado como o mais renomado de todos os ministros. Aos 70 anos, ele ainda estava no cargo e, certo dia, ocupado com os assuntos de Estado, disse de repente às pessoas ao seu redor:

— Hoje é meu último dia de vida e, nos meus votos de despedida para vocês, desejo que possam prosperar, sejam corajosos e façam o bem.

Seus companheiros responderam com admiração:

— Vossa Excelência ainda é forte e saudável, então ainda pode trabalhar por muitos anos. Por que é que o senhor diz isso?

— Nossa expectativa de vida é fixa. Por que eu não saberia? Não podemos ir além dos limites predestinados. Por favor, não sintam pena de mim. Façam o seu melhor para servir a Sua Majestade, o Rei, e reconheçam com gratidão todos os seus favores – replicou Shin, rindo.

Assim ele os exortou e, em seguida, foi embora. Todos estavam curiosos sobre esse comunicado estranho. Daquele dia em diante, ele nunca mais voltou, e disseram que estava doente.

Havia um jovem secretário na época que era ligado ao Gabinete de Guerra, diretamente abaixo de Shin. Quando o jovem soube que seu mestre estava gravemente doente, foi desejar melhoras e fazer algumas perguntas. Shin o chamou para seu quarto privado, onde tudo estava quieto. Ele disse ao jovem:

— Estou prestes a morrer, por isso me despeço. Então, cuide bem de si mesmo e cumpra seus deveres com honra.

O jovem olhou para Shin, e havia lágrimas nos olhos dele. Disse então:

— Vossa Excelência ainda está com vigor e, mesmo que esteja um pouco doente, não precisa se preocupar. Eu não consigo entender suas lágrimas e o que você quer dizer quando diz que está prestes a morrer. Gostaria de saber por que o senhor diz isso.

Shin sorriu e disse:

— Eu nunca contei a ninguém, mas, já que você perguntou, e não há mais motivos para esconder, vou contar o que aconteceu. Quando eu era jovem, ocorreram certas coisas em minha vida que fariam você rir.

▲

Quando eu tinha cerca de 16 anos, diziam que eu era um colírio para os olhos. Uma vez em Seul, durante um banquete, várias dançarinas e outros representantes da boa diversão foram chamados, e eu também fui, com meia dúzia de camaradas. Entre as dançarinas, havia uma jovem com um rosto muito bonito. Ela não era comum; era um ser angelical. Depois que perguntei aos colegas como ela se chamava, alguns sentados nas proximidades disseram que era Tahong (botão de flor).

Na hora em que a festa acabou e os convidados foram embora, fui para casa pensando, incessantemente, no belo rosto de Tahong, obviamente incapaz de esquecê-la. Por volta de dez dias depois, eu estava voltando da casa do meu mestre pela rua principal, com livros debaixo do braço, até que de repente vi uma bela garota, lindamente vestida e montando um charmoso cavalo. Ela aproximou-se de mim e, para minha surpresa, pegou na minha mão e perguntou:

— Você não é Shin Hee-su?

Olhei para ela com espanto e percebi que era Tahong. Eu respondi:

— Sim, mas de onde você me conhece?

Eu não era casado na época, nem me importava com meu cabelo, mas, como tinha muita gente me olhando na rua naquele momento, fiquei muito tímido. Tahong, com um olhar feliz no rosto, disse ao seu cavalariço:

— Tenho coisas a resolver agora; volte e diga ao mestre que amanhã estarei no banquete.

Então entramos na casa ao lado e sentamo-nos.

— Por acaso você não foi à casa de um tal Ministro um dia desses e compareceu a uma reunião? — perguntou ela.

— Sim, eu fui — respondi.

— Eu vi você — disse —, e para mim seu rosto era como o de um deus. Perguntei aos presentes quem você era, e eles disseram que seu sobrenome era Shin, que seu primeiro nome era Hee-su e que seu caráter e seus dons eram muito elevados. Daquele dia em diante, desejei conhecê-lo, mas, como isso era impossível, contentei-me em tê-lo apenas nos pensamentos. Por isso, tenho certeza de que nosso encontro de agora é definitivamente um arranjo divino.

— Engraçado. Eu senti exatamente o mesmo em relação a você — respondi, rindo.

Então, Tahong disse:

— Não podemos nos encontrar aqui. Que tal irmos para a casa da minha tia na rua ao lado? Lá é tranquilo para conversarmos à vontade.

Fomos para a casa da tia dela. Era arrumada e limpa e um tanto quanto isolada; aparentemente, a tia amava Tahong com toda a devoção de uma mãe. Depois daquele dia, fizemos um voto de fidelidade um ao outro e planejamos viver juntos. Tahong nunca teve um amante; eu era sua primeira e única escolha. No entanto, ela disse:

— Esse nosso plano de ficar juntos não pode ser consumado hoje. Precisamos nos separar agora e fazer planos para nossa união no futuro.

Perguntei a ela como poderíamos fazer isso, e ela respondeu:

— Eu jurei minha alma a você e isso durará para sempre, mas você deve pensar em seus pais, que ainda não lhe escolheram uma esposa, e não há nenhuma chance de eles aceitarem uma segunda, que é o que a minha posição social exigiria. Quando penso nas suas habilidades e nas suas chances de promoção, já consigo vê-lo como Ministro de Estado. Vamos nos separar agora, mas me guardarei para você até você conquistar o primeiro lugar no

Exame e ter seus três dias de regozijo público. Então nos encontraremos novamente. Prometa para mim que vamos fazer dessa forma. Até você conseguir ganhar suas honras, não pense em mim, por favor. Também não fique preocupado em me levarem para longe de você, porque eu tenho um plano para me esconder com segurança. Lembre-se de que, no dia em que você ganhar suas honras, nos encontraremos novamente.

Dito isso, apertamos as mãos e nos despedimos como se tivéssemos nos separado com facilidade. Não perguntei aonde ela estava indo, apenas voltei para casa com o coração triste e apertado, sentindo que havia perdido tudo. Quando voltei, descobri que meus pais, sentindo minha falta, estavam terrivelmente consternados; mas, assim que me viram retornar são e salvo, ficaram tão felizes, que nem se deram o trabalho de perguntar onde eu tinha estado. Eu também não queria contar a eles, mas inventei uma desculpa.

No começo, não consegui parar de pensar em Tahong. Foi depois de muito tempo que pude recuperar minha compostura. Quando consegui, com todas as minhas forças, fui para as minhas aulas. Todos os dias eu pegava firme nos estudos; não por causa do Exame, mas pela possibilidade de reencontrá-la.

Dentro de dois anos, meus pais arranjaram-me um casamento. Não ousei recusar, pois era obrigado a aceitar; no entanto, não tinha a mínima vontade de tomar aquela decisão.

Passei um bom tempo dedicando-me firmemente aos estudos e, com muito trabalho, tornei-me melhor do que todos os meus concorrentes. Cinco anos depois de me despedir de Tahong, conquistei minhas honrarias. Eu era apenas um jovem, e o mundo inteiro se alegrou com o meu sucesso. Mas minha alegria se concentrava toda na expectativa de rever Tahong. No primeiro dia da entrega das minhas honrarias, esperava encontrá-la, mas isso não aconteceu. O segundo dia passou, e ela continuou sem dar sinal de vida. Já estava chegando o fim do terceiro dia, e eu ainda não tinha tido notícias dela. Meu coração estava tão perturbado, que não pude encontrar a menor alegria na cerimônia de entrega das honrarias. Quando a noite se aproximava, meu pai me disse:

– Tenho um amigo de infância que hoje em dia vive no distrito de Chang-eui. Vá até ele esta noite, antes que os três dias acabem.

Com esse recado, não havendo escolha, fui até lá cumprir o pedido do meu pai. Quando estava regressando, o sol já havia se posto e estava escuro; no exato momento em que passei por um portão alto, ouvi o chamado de *Sillai* [4]. Era a casa de um velho Ministro, um homem que eu não conhecia, mas, sendo ele da alta nobreza, não tive opção a não ser desmontar de meu cavalo e entrar. Lá, encontrei o mestre, um velho cavalheiro que me fez passar pelos meus humildes protocolos e, depois, pediu-me com gentileza que me sentasse ao seu lado. Conversou comigo amigavelmente e recepcionou-me com comes e bebes. Depois, levantou seu copo e perguntou:

– Você gostaria de ver uma pessoa muito bonita?

Eu não entendi o que ele quis dizer, então perguntei:

– Que pessoa bonita?

– A pessoa é membro da minha família e é a mais bonita que você poderia conhecer neste mundo – respondeu o velho.

Com isso, ordenou que um criado a chamasse. Quando a pessoa veio, era ninguém mais ninguém menos que a minha Tahong perdida. Fiquei assustado, encantado, surpreso e quase sem palavras.

– Como você veio parar aqui? – perguntei, ofegante.

Ela riu e disse:

– Não se lembra de que, no acordo que fizemos antes da nossa separação, combinamos de nos reencontrar em um dos três dias da sua cerimônia pública?

Então, o velho disse:

– Ela é uma mulher maravilhosa. Seus pensamentos são elevados e nobres, e sua história é bastante única. Vou contá-la a você. Eu sou um velho homem na casa dos oitenta anos, e eu e minha esposa não tivemos filhos; porém, certo dia, essa jovem garota veio até nós, perguntando: "Eu poderia ser a escrava de vocês, sempre servindo-os e realizando seus desejos?". Surpreso, perguntei o motivo para esse pedido inusitado, e ela disse: "Não estou fugindo de nenhum mestre, então não desconfiem de mim". Ainda assim, eu não queria recebê-la e dei-lhe minha negativa,

---

[4] Um assobio agudo feito pelos graduados para vaiar ou honrar a presença de um novo graduado.

mas ela implorou tão persuasivamente que acabei cedendo, dei-lhe um trabalho e prestei atenção em seu comportamento. Ela realmente havia se tornado serviçal por vontade própria e vivia apenas para nos agradar, preparando nossas refeições durante o dia e organizando nossos quartos durante a noite, atendendo aos nossos chamados, sempre pronta para nossos serviços... fiel para além de qualquer comparação. Eu e minha esposa, já idosos, fracos e ficando doentes com frequência, encontramos nela uma fonte de conforto e alegria; ela tornava nossas vidas cheias de paz e felicidade. Com a agulha, igualmente, era muito talentosa; de acordo com as estações, preparava tudo de que precisávamos. Naturalmente, passamos a amá-la e a ter compaixão mais do que eu poderia dizer. Minha esposa importava-se com ela até mais do que uma mãe se importa com uma filha. Durante o dia, ela estava sempre por perto; à noite, dormia ao lado dela. Certa vez, pedi que ela contasse a história de seu passado. Ela disse que era, a princípio, filha de um homem livre, mas seus pais morreram quando ela ainda era muito jovem, e, como não tinha para onde ir, uma senhora da aldeia aceitou acolhê-la e criá-la. "Sendo tão jovem", disse ela, "eu estava a salvo do perigo. Até que, enfim, conheci um jovem mestre com quem fiz um juramento de cem anos de lealdade, um rapaz belo como nenhum outro. Combinamos de nos encontrar novamente, mas apenas depois que ele conquistasse suas honrarias na arena. Se eu tivesse ficado na casa da velha mãe, não teria conseguido manter minha segurança e preservar minha honra; teria ficado desamparada; então, vim aqui para me manter segura e para servi-los. Trata-se de um plano por meio do qual me esconderei por mais ou menos um ano e, depois, quando ele vencer, pedirei a permissão de vocês para ir embora". Quando ela terminou, perguntei-lhe quem era a pessoa a quem ela fizera esse juramento, e ela revelou-me seu nome. Sou velho demais para pensar em esposas e concubinas, mas ela fingiu ser minha concubina para se manter em segurança, e assim os anos se passaram. Vimos os relatórios dos Exames, porém, até então, o seu nome não estava presente. Mesmo assim, ela não demonstrava nem um pingo de ansiedade, mas manteve a fé, dizendo que seu nome ainda iria aparecer na lista. Ela estava tão confiante que não havia nenhuma sombra de desapontamento em seu rosto. Desta vez, quando olhei para a lista, seu nome estava lá, então contei a ela. Ela não demonstrou surpresa alguma, dizendo que tinha certeza de que seu nome apareceria. Ela disse também: "Quando nos separamos, eu prometi encontrá-lo antes que os três dias da cerimônia pública acabassem e agora devo cumprir minha promessa". Assim, ela subiu ao pavilhão superior para ver o público. Mas essa ala, sendo um pouco remota, não permitiu que ela visse você passar no primeiro dia, tampouco no segundo. Nesta manhã, ela foi mais uma vez, dizendo: "Ele certamente passará hoje". E foi assim que aconteceu. Ela disse: "Ele está vindo, convide-o para entrar". Eu sou um homem velho e já li muitas histórias, tendo ouvido falar de várias mulheres famosas. Há muitos exemplos de devoção e fidelidade que movem o coração de alguém, mas eu nunca vi ninguém entregar sua vida com tanta devoção e fidelidade como vocês dois. Deus tomou conta de tudo e ajudou-os a realizar o que planejaram. E agora, para não deixar este momento de alegria acabar, você deve ficar conosco nesta noite.

Quando reencontrei Tahong, fiquei muito feliz, especialmente quando ouvi falar dos anos em que ela se manteve fiel. Quanto ao convite, recusei-o, dizendo que, por mais que eu e Tahong tivéssemos concordado, eu não poderia nem imaginar tomar alguém que servia a Sua Excelência. Mas o velho riu e disse:

— Ela não é minha. Eu apenas a deixei se autodefinir como minha concubina para que nenhum dos meus sobrinhos ou outros membros jovens do clã roubassem-na e levassem-na embora. Ela é, acima de tudo, uma mulher fiel; eu jamais vi alguém como ela.

Então, o velho mandou de volta o cavalo e os criados, além de mandar uma carta aos meus pais dizendo que eu passaria a noite lá. Ele ordenou aos seus criados que preparassem um quarto, colocassem belas telas e tapetes bordados, pendurassem luzes e decorassem o ambiente como que para um noivo. Assim, ele celebrou o nosso reencontro.

Na manhã seguinte, eu me despedi e fui contar aos meus pais tudo sobre meu encontro com Tahong e o que aconteceu. Eles me deram a bênção para ficar com ela, e ela foi trazida e tornou-se um membro de nossa família, minha única esposa.

Seu estilo de vida e comportamento eram além do comum, pois eram sempre dedicados a servir aqueles que estavam acima dela e a ajudar os que estavam abaixo. Ela cumpria todos os mandamentos do código antigo. Seu trabalho, também, era realizado com lealdade, e seus dons na música e no xadrez eram excepcionais. Eu a amei de uma forma que nem consigo explicar.

    Algum tempo depois, fui como Magistrado ao condado de Geumsan, na Província de Jeolla, e Tahong me acompanhou. Ficamos lá por dois anos. Ela regulava nossos muitos momentos felizes juntos, pois dizia que isso interferia na eficiência e no dever. Um dia, inesperadamente, ela veio até mim e pediu que nós dois tivéssemos um tempo a sós, sem ninguém presente, pois ela tinha algo especial para me contar. Eu perguntei a ela o que era, e ela disse: "Vou morrer, pois meu tempo de vida está esgotado; por isso, alegremo-nos uma última vez e esqueçamos todas as tristezas do mundo". Fiquei espantado quando ouvi isso. Não conseguia acreditar que era real e perguntei a ela como ela sabia de antemão que estava prestes a morrer. Ela disse: "Eu apenas sei, e não há dúvidas quanto a isso".

    Dentro de quatro ou cinco dias, ela adoeceu, mas não era nada grave. Porém, depois de um ou dois dias, ela faleceu. Antes de morrer, ela me disse: "Nossa vida é comandada pelo Divino; Ele é quem decide tudo. Enquanto vivi, entreguei-me a você, que também me correspondeu. Eu não tenho nenhum arrependimento. Meu único pedido antes de morrer é que meu corpo seja enterrado onde possa descansar ao lado do meu mestre quando ele partir desta vida, para que, quando nos encontrarmos para além deste mundo, eu possa ter a permissão de estar com você de novo". Assim que ela disse essas últimas palavras, morreu.

    Seu rosto estava belo, nada parecido com o dos mortos, mas sim com o dos vivos. Eu estava mergulhado no mais profundo luto, mas, ainda assim, preparei seu corpo para o funeral com minhas próprias mãos. Nosso costume é que, quando uma segunda esposa morre, não deve ser enterrada junto da família, mas eu inventei uma desculpa e fiz com que ela fosse enterrada no mesmo local de nossa família, que ficava no condado de Goyang. Fiz isso para realizar a vontade dela. Quando cheguei a Keumjang na minha triste jornada, escrevi um poema:

> *Ó lindo Botão da linda Flor,*
> *Carregamos sua forma no caixão de salgueiro;*
> *Para onde foi tua doce alma perfumada?*

*A chuva cai sobre nós
Para informar-nos acerca de tuas lágrimas e de teu caminho
fiel.*

Escrevi isso como um tributo de amor à minha fiel Tahong. Depois de sua morte, quando alguma coisa séria estava prestes a acontecer em minha casa, ela sempre vinha em espírito me contar de antemão, e nunca houve um erro sequer em seus prenúncios. Por muitos anos, isso continuou, até que um dia ela veio até mim em sonho e disse-me: "Mestre, seu momento de partida chegou, e nós poderemos nos encontrar novamente. Estou agora me preparando para recebê-lo da melhor maneira".

Por conta disso, despedi-me de todos os meus companheiros. Na noite passada, ela apareceu mais uma vez e disse-me: "Amanhã é o seu dia". Ao nos encontrarmos no sonho, conversamos e choramos. Pela manhã, quando acordei, havia marcas de lágrimas em minhas bochechas. Tais lágrimas não vieram porque tenho medo de morrer, mas sim porque vi minha Tahong. Agora que você me perguntou, contei-lhe tudo. Não diga isso a ninguém.

Dessa forma, Shin faleceu, como prenunciado, no dia seguinte. Muito curioso, de fato!

▲

sumário

Charan

[12]

A história de Chang To-ryong

[25]

Uma história de raposa

[32]

Cheung Puk-chang, o vidente

[36]

Yun Se-Pyong, o mago

[42]

A mulher-gato-selvagem

[48]

O sacerdote malfadado

[52]

A visão do homem santo

[55]

A visita do homem de Deus

[59]

O homem de letras de Imsil
[62]
O soldado de Ganghwa
[66]
Amaldiçoado pela cobra
[70]
O homem na estrada
[73]
O velho que virou um peixe
[76]
O geomante
[79]
O homem que virou um porco
[84]
A velha que virou um duende
[89]
O fantasma agradecido
[92]

A donzela valente

[95]

A esposa engenhosa

[101]

O Governador encaixotado

[104]

O homem que perdeu as pernas

[110]

Dez mil demônios

[114]

O lar dos Genii

[120]

A mudang honesta

[129]

A quem o Rei honra

[134]

A sorte de Yoo

[137]

Encontro com um dokkaebi
[143]
A vingança da cobra
[147]
O magistrado valente
[150]
O templo do Deus da Guerra
[153]
Uma visita das sombras
[157]
O capitão destemido
[161]
O Rei do submundo (inferno)
[164]
As experiências de Hong no submundo
[170]
Casas mal-assombradas
[175]

Im, o caçador

[179]

A mágica invasão de Seul

[185]

O pequeno duende horroroso

[188]

O caminho do divino

[191]

O velho no sonho

[193]

O sacerdote perfeito

[195]

A gralha auspiciosa

[198]

O "velho Buda"

[201]

Um remédio milagroso

[204]

Mo, a fiel
[206]
Maeng, o renomado
[209]
Os sentidos
[212]
Quem decide, o divino ou o Rei?
[214]
Três coisas dominadas
[216]
Acometido por uma morte bizarra
[218]
A árvore misteriosa
[220]
Tahong
[222]

grupo novo século

Compartilhando propósitos e conectando pessoas
Visite nosso site e fique por dentro dos nossos lançamentos:
www.gruponovoseculo.com.br

ns

facebook/novoseculoeditora
@novoseculoeditora
@NovoSeculo
novo século editora

gruponovoseculo.com.br

Edição: 1
Fonte: Crimson Pro Regular

Impressão e Acabamento | Gráfica Viena
Todo papel desta obra possui certificação FSC® do fabricante.
Produzido conforme melhores práticas de gestão ambiental (ISO 14001)
www.graficaviena.com.br